50皇冠

50週年 嚴選50

當我孤獨的時候，我便閱讀，感到被知解的溫暖；

當我軟弱的時候，我便閱讀，於是無比壯大。

當我渴望完整，我閱讀。

張曼娟

芬芳

Fragrance

張曼娟

女人創世紀
一日一芬芳

指甲花

他喜歡我彩繪的指甲在他的胸前和腹部遊走，
隨著我的手勢忽重忽輕，他的喜悅與驚歎忽深忽淺，
我用鮮豔瑰麗的手指，彈奏著他的身體。他是我的琴。

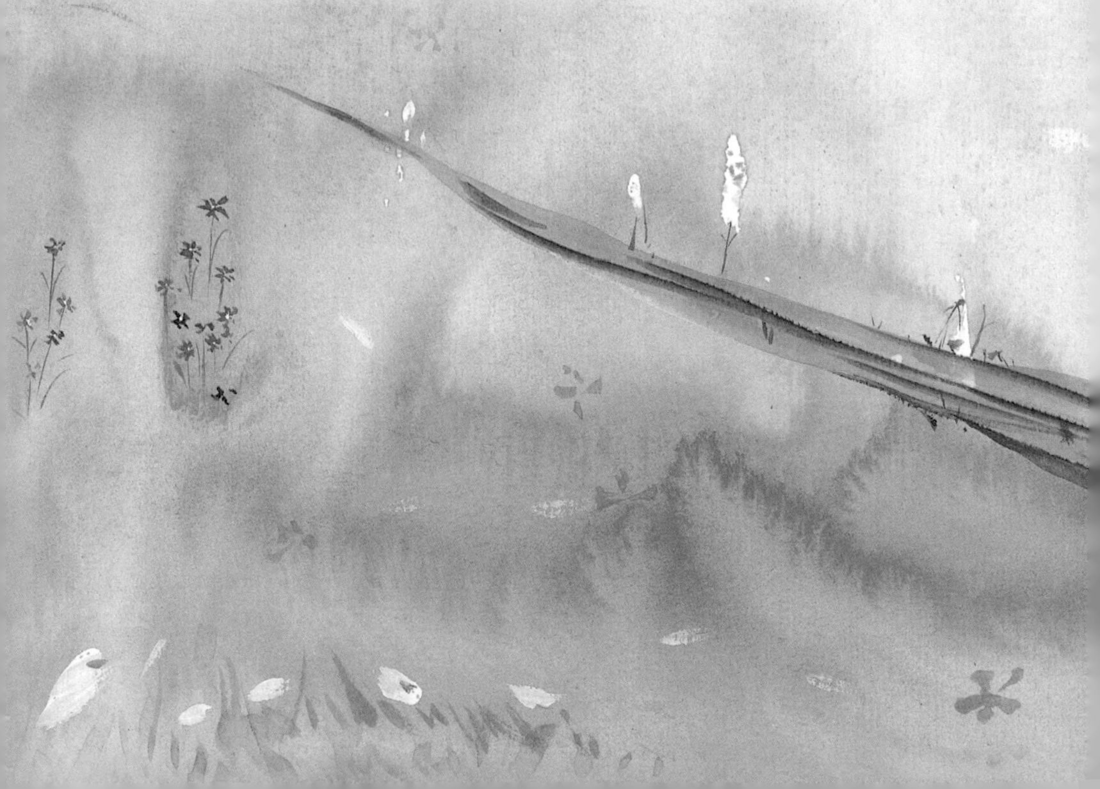

我就要滿二十九歲了。

那一年在鎮瀾宮裡爲自己許下的誓言，看起來愈來愈不可能兌現了——我會在二十九歲之前，把自己嫁出去。

那時候沒想過會這麼困難。

眼看再過半個月，就要二十九歲了，我忽然被關在電梯裡。毫無預兆地，電梯硬生生停住了。停電了？還是地震了？我有一瞬間想要尖叫。可是，電梯停住的時刻，那麼安靜，靜得令我不敢造次。我深吸一口氣，沒叫出來。甚至有那麼一刻，我有一種終於可以鬆弛下來的虛脫感，然而，過不了多久，恐懼感漸漸攫捕住我。白森森的燈好好的亮著，看起來電力充足，空調也持續運作著，供給我空氣，只是樓層顯示板失去了訊號，我不知道自己在幾樓，不知道自己離地面有多遠？如果墜落……

『喂——』我聽見自己尖銳的叫聲：『有人在嗎？』

我用力按住對講機，一邊喊叫著：『喂！有人被關在電梯裡啦！喂——喂——』

沒有人回應。樓下阿伯可能在瞌睡，要不然就是跑去找隔壁的下棋了，眞是莫名其妙，我們的管理費雖然不多，每個月也是要準時支付的啊。需要人的時候，一個也找不到？這台電梯，我早就覺得它年老失修了，爲什麼平時都不肯好好維修一下呢？萬一發生什麼事，可怎麼辦呢？等一下，我忽然想起來，三天前這部電梯不是才維修過嗎？門外掛了個牌子，寫著『維修中，暫停使用』。害我那天上班爲了等電梯還遲到呢，我不會忘記的，它剛剛維修過。怎麼會又壞了呢？而且，不上不下的，就這樣卡在中間。

我的手臂上泛起一陣涼意，那股涼颼颼迅速爬滿全身，我忽然非常害怕，他們給我光亮，也給我空氣，就把我關在這裡，一直關在這裡，不放我出去，關著關著，我的皮膚變得蒼白，白到透明，透明到身體裡的組織和器官都能清清楚楚的看見。我想到以前，被我養在籠子裡的太陽鳥，被我養在玻璃缸裡的金魚。

我看見挖了洞把僵硬的太陽鳥放進黑洞裡的自己。

我聽見連同水草和飼料和脫去鱗片的金魚一起被傾倒進馬桶的聲音，嘩啦。

『喂！』我歇斯底里的：『救命啊！放我出去！放我出去——啊——啊——』

啪！我的指甲斷了。

用力按著電梯對講機的我的指甲，應聲而斷。

我驀地失了聲音，我的指甲，斷了。

對於很多人來說，指甲斷了再長出新的就行了，沒什麼了不起，可是，我是一個美甲師，爲人美容指甲是我的專業，我的美麗的指甲就是招牌。最美麗的我的食指指甲，竟然折斷了。

同一時間，電梯晃了晃，開始下降，到了一樓，門順利的打開，陽光宣誓領土似的照進來。我逃出電梯，跑到阿伯面前，他果然耷著頭正在瞌睡。

我回頭看見電梯門關起來，一切都沒有發生過的樣子，電梯上樓去了。我出門去上班，當自己做了一場惡夢。

我不知道，那天原來是一個分野，我的生命從此不同。

近來很流行彩繪指甲，我們每天都要做上三到五個，先將指甲油均勻地抹在每顆指甲上，再將各色花樣細細繪在上面。做了這一行，才知道女人的指甲原來都長得不一樣，每顆指甲的形狀與大小都不同，就像一張張沒有表情的臉孔，等著被上色。我遇過幾個女人，明明是高頭大馬的，卻長著小孩子的小小指甲，很不協調地。我不一定記得人們的面容，但我多半能記得她們的指甲，將她們的手握在我的手中，柔軟的堅韌的那些手指，就像握住她們過往的生命。

我喜歡這個工作，從很小的時候，我就在草叢裡尋找鳳仙花，爲自己和同學染指甲。『哇！這是什麼花啊？好特別喔。』同學讚歎地。

『這是指甲花。』我因爲有一種植物和自己關係密切而覺得沾沾自喜。

『妳是個有天份的女人，讓我來開啓妳的感官，讓妳可以聽見更多聲音，看見更多色彩……』邁克第一次和我約會的時候，這樣對我說。

我帶他回我的家，他溫柔的親吻我，替我洗澡洗頭，溫柔的和我造愛，我的確聽見許多聲音，看見許多色彩。

但，他不能和我結婚，因爲他已經結過婚了。他不但結婚了，還有兩個可愛的天使一樣的孩子。那一次公司辦展覽，邁克以講師的身分出席，他的妻子和孩子也來了，還是我爲他們帶位子的呢。我牽著小女孩的手，像牽著自己的孩子，輕巧而溫柔。

小女孩看見我的指甲，很愛慕地說：『阿姨。妳的指甲好漂亮喔。』

『妳喜歡的話，阿姨幫妳畫，好不好？』

『不用了。』邁克的妻子拉住小女孩：『爸爸不喜歡喔。』

我輕聲笑起來。爸爸才喜歡呢，非常喜歡。他喜歡我彩繪的指甲在他的胸前和腹部遊走，隨著我的手勢忽重忽輕，他的喜悅與驚歎忽深忽淺，我用鮮豔瑰麗的手指，彈奏著他的身體。他是我的琴。

展覽之後，邁克比較少來了，也許他聽見我要爲小女孩繪指甲，感到了警覺，他以爲我除了替她繪指甲之外，還會有其他的舉動？

他不想和我有密切的關係了，我只有指甲花。

君君扔過來一本小說，是一位號稱爲感官女作家的作品，她說：『裡面有一些怪怪的東西，挺好看的。』

君君一向愛看小說，我比較喜歡看錄影帶，特別是在關了燈的黑黑的房裡看錄影帶，想像著自己是一個公主，有著專屬放映室。

今天沒什麼客人，星期一大家都沒時間修指甲吧？我靠在櫃台邊閒閒的一篇篇翻看小說。裡面有一個故事，是一個女人穿了耳洞之後，忽然可以聽見許多別人聽不見的聲音了，那些來自過去幽靈般的記憶糾纏不休，一個小學時候被欺負的髒兮兮的同學，老師說她轉學了，然而，這隻被穿透了時空的耳朵，卻帶著女主角重回現場，驚駭地發現那個可憐的同學原來自殺死去了。

這個故事看完，我把書扔到一邊，大口呼吸，一種奇怪的感覺，胸口被什麼東西沉沉地壓著。

畢業旅行時，在大甲那座保存完整的貞節牌坊前，同學們排排站照了一張合照，然後，我轉過身，讀著這個被石頭沉沉壓著的女人的一生，禁不住倒抽一口冷氣。也是這樣的感覺。

守了七十多年的寡，是怎樣枯寂寒苦的人生，我絕不要這樣當女人。

『如果妳還不從失戀的陰影裡走出來，我看妳啊，差不多就是這樣囉。』要好的同學阿珊對我說。

於是，我賭氣似的對她說：『我二十九歲之前會把自己嫁掉的啦！』

那時候真的不知道，原來有這麼難。

下班之後，我到錄影帶店替邁克租錄影帶，他常常沒時間看帶子，我把看過之後覺得好看的帶子推薦給他，他若有時間就會到我這裡來看帶子。

下班前他來電話：『上次妳說的那個電影，叫做什麼？』

我就到錄影帶店來了，拿著兩個月前已經看過的錄影帶，還有他愛吃的杏仁小魚，我愛吃的牛肉乾，我們都愛吃的可以當火種的洋芋片。

『呃……』櫃台的男孩子，乾乾淨淨一張臉：『這部片子妳已經租過了。』

『對啊。』我說：『我喜歡「眞愛伴我行」這部電影。』

『妳也很喜歡「舞動人生」啊。』男孩子的五官新鮮得像是剛畫上去的。

『是啊。』我裝作什麼都不驚奇的樣子：『電腦上什麼資料都有喔？』

『我們公司沒有記錄顧客看過的電影資料，爲了隱私權的緣故。』男孩對我微笑著說。

『沒有記錄？』我像鸚鵡一樣的重複著。

男孩搖搖頭。

『你的記憶力驚人？在做加強記憶的訓練喔？』

『我只是……正好記得妳。』他輕描淡寫的說。

『爲什麼？』我毫不矜持地問。

因爲我的指甲，當然，沒有女人會這樣張牙舞爪的換著指甲的顏色和花樣的，當然是因爲我的指甲。

『因爲妳走路的樣子，很特別，很好看。』男孩心平氣和的說。

我看著他笑，也心平氣和的接受了，不注意我的指甲的男人，太少見了。他太年輕，所以才會不注意到我的指甲。煥發著青春光澤的一張臉，不知道滿了二十歲沒有？

那個差點就要成功的阿林，是我在二十九歲之前最努力的一個對象，我們從看電影開始，去山上賞花，去海邊看星星，去餐廳吃燭光晚餐，我以為他是我擺脫邁克，並且獲得婚姻的致勝武器。結果，我把他帶回我的房，上了我的床，他試了很多次都徒勞無功。

『沒關係……沒關係的……我不在乎的。』我安慰著他，眼前卻浮現起大甲的牌坊，冷冰冰的石頭。

『不會的，不應該的……』他很沮喪，抓起我的雙手：『一定是因為妳的指甲，妳的指甲讓我不能……妳可不可以為我把指甲上的顏料擦乾淨？把指甲剪短一點？』

我翻身起來，不可置信的看著他。那些像小學生一樣剪得禿禿的指甲紛紛從我腦海裡經過，到底哪一雙手可以讓他情慾勃發？

我沒有成功，卻有一種僥倖的感覺。

邁克又開始來看錄影帶了，他可能知道一些事，但他從來不問，我也不說。

租了錄影帶回家，電梯安全的將我載到樓上，我進了屋裡，將雜誌和報紙堆在看不見的地方，準備掏出口紅補妝。在背袋裡掏了半天，找不到。那是我最喜歡的一條果凍口紅，有著甜潤的香氣，君君去日本的時候，我託她替我買的。記得下班之前，我還拿出來補過妝，怎麼可能不見了？

口紅眞的不見了。

就這樣完全消失了。

那天夜裡，我做了一個夢，夢中的我還是個小女孩，很多同學排在我面前，要求我爲她們彩繪指甲。有個女孩伸來長長的指甲，我很害怕地嚷叫起來：『妳不剪指甲！我要告老師！我要告老師……』女孩拿出指甲刀，開始剪指甲，咑，咑，咑，咑……她剪了又剪，咑，咑，咑，咑……長指甲已經剪短了，卻仍停不住的一直剪，她的手指開始流血，鮮紅色的血緩緩流下來，爲什麼一個小女孩的手指可以流出那麼多血？我對她叫著，不要剪了。妳不要剪了，不要再剪了……不要！不要——我從夢中喊叫著醒來，出了一身汗。

黑暗中我清楚感覺到邁克環著我的臂膀，他喜歡這樣睡，緊緊攬著我。每當他攬著我，我都睡不好。

我躺著，用力呼吸，咑，我轉過臉看著邁克，咑，我很確定聽見了那個聲音，咑……咑，剪指甲的聲音。

我搖醒邁克，他睜開眼，把我攬得更緊些。

『你聽。』我貼著他的耳朵。

『什麼事？』

『你聽啊，剪指甲的聲音。』

邁克稍稍鬆開我，我連忙側過身，坐起來。

『我沒聽見什麼聲音，妳做夢吧？』

『我是做了一個夢，夢見一個小女孩不停的剪指甲，剪到手指都流血了，好恐怖……』

『一定是因爲妳的指甲斷了，才會做這麼奇怪的夢。睡吧。』

我躺下來，邁克立即睡著了，但我無法入睡，剪指甲的聲音很規律地響著，難道是隔壁鄰居睡不著，正在剪指甲？可是，這個人到底有多少手指啊？他已經剪完十隻手指，又剪完十隻腳趾，仍剪個不停，吋，吋，吋，吋……難道他渾身都是指甲？

我覺得非常孤獨，在這個我所愛慕的男人懷裡，聽著徹夜剪不完的指甲。

我仍沒有找到那支口紅。

搽著別的顏色的唇彩或唇蜜，總覺得少了那種特別的光澤，我對鏡中的自己很不滿意。

『妳有沒有遇見過東西忽然莫名其妙找不到這種事？』吃飯的時候我問君君。

『有啊。』君君眨著夢幻的大眼睛和長睫毛：『我阿嬤都說，是變魔術的借去用了啦。』

『變魔術的？』

『對啊。要不然他們怎麼能變出那麼多東西呢？』

說得跟眞的一樣，好吧，變魔術的把我的口紅借去用了。

君君的那本小說放在櫃台，人比較少的時候，我又拿起來翻了那篇小說一遍，眞奇怪，這個女作家爲什麼會有這些匪夷所思的想像？難道她也經歷了一些詭異的事？

接連幾天晚上，我都在剪指甲的聲音裡醒來，啢，啢，啢，啢，如此清脆，那個滿身都是指甲的怪物，就住在我的隔壁吧？牠的指甲長得還眞迅速呢。

『把指甲放在桌上，要檢查。』有一夜，我聽見自己童稚的聲音，嚴格的發號施令。

於是，我想起來了，小學時候，我當過兩年的衛生股長，幫老師檢查手帕、衛生紙，還有同學的手指甲。那時候的我是個馬屁精，只要有同學檢查不合格的，就去向老師打小報告。那些特別愛乾淨的女生，便和我成爲好朋友，我會用指甲花幫她們染指甲，她們全排在我面前，我翹起蘭花指對她們說：『排好喔，一個一個慢慢來嘛……』

那些染過的指甲，就像是一種結盟的關係。至於那些沒結過盟的……那個叫做小戴的女生。我記得她的手指甲裡有一塊小小的黑記，像盤著一隻蟲，我不肯替她染指甲，還去老師那裡告狀，說她不剪指甲。老師那天特別生氣，抓起小戴的手指就剪，咔，咔，咔，咔……哇——小戴忽然大聲哭起來，老花眼的老師將她的指甲剪出血來。小戴痛得跳啊跳的，她哭得脖子都腫起來了。

小戴不久就轉學了，大家很快的忘記她。我們依然玩著指甲花的遊戲，樂此不疲。只是，小戴眞的轉學了嗎？那個女作家的小說裡，被欺負的同學並沒有轉學，而是自殺了，會不會小戴也……她根本就不在了，不在這個世界上，卻在另一個時空裡，懷著童年的怨懟，回來報復。咔，咔，咔，咔……

我開始失眠了。

但我仍去上班，正常的吃飯、上廁所。只是不看錄影帶了，因爲我不知道小戴喜歡看什麼電影？也不再讓邁克來家裡了，我怕小戴會不開心。每夜關燈之後，我就等著小戴來剪指甲。她總是來剪指甲。

電梯門打開，我看見錄影帶店的男孩子走進來。

『嗨！』他說。

『你為什麼在這裡？』我問。

『別緊張，我沒有跟蹤妳，我也住在這裡啊。』

『我以前沒見過你。』

『我搬進來還不到一個月，嘿！我們是鄰居耶，妳可以叫我吉米。』

『吉米。』一聽就不是一個眞正的名字，好吧如果要這樣的話：『我叫指甲花。』

『很棒。很適合妳。』

我就知道他會喜歡。

『妳看過「十月的天空」嗎？』在我們各奔前程的時候，他忽然問。

我搖頭。他愉快的笑起來，來租吧，妳一定會喜歡的。

我去了錄影帶店，看見了滿面歉意的吉米：『不好意思，「十月的天空」好熱門啊，都租完了。要不然妳給我一個電話，只要一有帶子，我就打電話通知妳。』

我很想跟他說，少年ㄟ，這個方法挺不錯的，可是，我們的年齡實在差太多了。

我胡亂抓兩捲帶子，結了賬，他又問：

『妳一個人住嗎？』

嗯，我該怎麼回答？小戴算不算與我同住呢？

『我沒什麼意思，只想知道，晚一點打去，會不會吵到人？』

吵到人？那是不會的，吵到別的，倒是有可能。我兀自古怪的笑起來，一邊笑一邊搖頭。

走到門口，準備推門而出的時候，我轉頭，吉米專注澄淨的眼眸，正盯著我看。『我會打給妳。』他比了個打電話的手勢。我還是笑，就這樣一路笑著回了家。

我洗過澡，洗了衣裳，把八卦雜誌看完，剩下的洋芋片也吃完，關了燈等小戴，電話鈴響起，是吉米。

『我猜妳還沒睡，妳看起來睡得不太好。』吉米說，他的聲音好近，這聲音單獨存在的時候，並不顯得那樣青嫩，反而有些沉穩老成。

他的聲音與他的人，似乎是分離的。

『是啊，我失眠了。』

『爲什麼？』

『不爲什麼，在這個世界上，三十歲以上的人一大半都失眠的……』

『妳還不到三十。』

『你還不到二十。』

『錯。』含著笑意的語調：『我已經滿二十二歲了。』

『哇！』我誇張的：『你是個大男人ㄋ。』

『指甲花，妳有情人嗎？』

『幹嘛？』

『想知道我能不能把錄影帶送去妳家？』

『把過太多年輕美眉，想換口味啦？』我蜷在沙發裡，輕輕彈著斷掉的指甲。

『我不想換口味，我想追妳。』

『我快要二十九歲了。你聽好！我沒興趣和小男生玩遊戲，我只想找個男人把自己在二十九歲之前嫁出去，我就功德圓滿了。你瞭了嗎？』我直起身子像在與人爭辯什麼似的，一連串的說了一堆，還要確認對方已經接收到我的訊息：『你聽清楚了嗎？』

吉米沒有回答，也沒有斷線。我說喂？喂？很沒耐心地。

『對一個只想要婚姻的人來說，愛情只是浪費生命，沒有意義了。是不是？』

一會兒之後，吉米緩緩地說。

我啞口無言，他說的那個人是我嗎？從什麼時候開始，我變成這樣的一個女人了？

『你到底把我當成什麼？』第二天，和邁克約了吃午餐的時候，我忽然這樣問。

他嚇了一跳，顯然從沒想過這個問題。

『妳還好吧？臉色不太好看。』

『我已經一個禮拜沒好好睡覺了。』

『爲了我嗎？』他微微驚訝地。

爲了他嗎？不是。原來並不是那麼深的牽扯，有時候我把事情想得太嚴重了。

『爲了你聽不見的聲音，剪指甲的聲音，有人整夜不睡覺，一直一直剪指甲，我不知道該怎麼辦才好？那些指甲爲什麼長得那麼快呢？』

邁克異常憂慮的眼神，打斷了我的抱怨，他盯著我看，好像我是那個渾身長滿指甲的怪物。

『妳去看看醫生吧，我介紹一個醫生給妳，好不好？以前我老婆產後憂鬱症，就是找他看的。』

『他把你老婆看好了嗎？』

『應該是……好了吧。』

『那你爲什麼搞外遇？』

我惡意的結束了午餐，也結束我們的關係。

那天晚上回家，我站在門口進不去，整個背袋都要被我掏穿了，我找不到鑰匙。

我的鑰匙不見了。

自從口紅離奇失蹤後，現在鑰匙也不見了。

可是眞的沒道理，我必須用鑰匙鎖上門才能出去的，離開公司的時候，也是我鎖的門，然後，我清楚記得自己把鑰匙放進背包裡。

現在，我的鑰匙不見了。

我晃到了錄影帶店，吉米正在和客人聊天，他看見我，很有風度的樣子點點頭。我聽著他和客人說話，預測著奧斯卡金像獎誰誰誰會得導演獎，誰誰誰已經幾次入圍了，很專業的樣子。客人和他道別，離開了。

『店要打烊了，想看什麼電影？』

『有沒有教人怎麼回家的？』

『妳不會回家了？』

『鑰匙不見了。』

『妳把鑰匙搞丟了？被扒了？』

『都不是，是不見了，咻，就不見了。可能讓變魔術的借去了。你知道，他已經借去了我的一支口紅，現在又借去我的鑰匙……可是，他並沒有付道具費給我喔……』

吉米把雙臂撐在櫃台上看著我，他看人的樣子好專心。

『我看妳快不行了。我家借妳暫住一宿吧。』

『會不會不方便？』

『我去住我姐姐家，沒事的。』

我和他回到他家，走進堆滿ＤＶＤ和錄影帶的房子裡，他爲我介紹了家裡的環境之後，準備離開。我拉住他的衣袖：

『可不可以，不要走？我想好好睡一覺，如果你可以陪我，我也許能睡著。』

他留下了，我們合吃一碗牛肉酸菜泡麵，看了『十月的天空』，我把小戴的事說給他聽。

『你信不信，她回來找我？』

吉米聳聳肩，不置可否。

『你覺得怎麼樣？你說嘛，把你的感覺說出來……』

『說不定我是小戴投胎的，看見妳就這麼有感覺，我爲了妳才搬進這裡的，每天晚上剪指甲的，說不定就是我……指甲怪獸。』

我抓起他的手指來看，很好看的橢圓形的指甲，每一顆都透著粉紅色的珍珠光澤。

『那……我的口紅和鑰匙呢？平白無故就消失了？』

『可能是妳迷迷糊糊的，弄丟了都不知道。』

『不可能的。我很確定……不可能。』

那一夜，指甲怪獸沒跟來，我很安靜的在吉米身邊睡了一場好覺。

第二天早晨，準備出門找鎖匠，我將背包掛上肩頭，吉米忽然拉住我。

『什麼聲音？』

不會吧，剪指甲剪到這裡來了？

『什麼？』我緊張兮兮地。

『我好像聽見鑰匙的聲音。』

『在哪裡？』

『妳的包包裡。』

吉米拉著我的背包晃一晃，果然，我們都聽見鑰匙的金屬聲響。

我迅速將背包全部倒出來，卻依然沒有鑰匙的蹤跡，吉米將我的背包翻過來覆過去，用手指一點點的觸摸著，小牛皮軟韌的皮革在他的指間彈動，好性感的曲線。

『我摸到了。』吉米的眼睛閃閃發亮。

他探手進去，發現我的背包破了一個小洞，在皮革與裡布之間，形成了一個空隙，掏啊掏地，他掏出我的鑰匙。我的嘴張開來，還沒闔攏，他又取出我的果凍口紅。

『魔術師把東西都還給妳了。』吉米微笑地說。

這一天的生意特別好，我和君君簡直忙不過來，有個女人要結婚，由她的朋友陪她來，女人說自己的指甲有點缺陷，想要戴指甲套，卻不知道哪種指甲套比較好用？我說讓我看看妳的手，可以嗎？

女人稍稍猶豫，伸出她的手。

『把指甲放在桌上，要檢查。』

看著那顆指甲，我渾身痙攣起來，我聽見自己的呻吟聲。中指上那隻盤著的蟲，長得更大了。那隻蟲一直在這裡，好好的在這裡。我看著比我還要高一些的女人，強自鎮定的問她：『小姐貴姓？』

『我姓戴。』女人說。

『小戴……呃，戴小姐，我想妳不需要用指甲套，我們這裡有很漂亮的指甲彩繪，我可以替妳把指甲做得很完美，讓妳當最美麗的新娘。妳放心，我會幫妳，一定讓妳很滿意的……』

『那，不知道價錢……』

『價錢妳不用擔心，妳有多少預算都沒關係，我反正會做到令妳滿意。好不好？』

好不好？眞的是太好了。小戴沒有事，那一年她眞的只是轉學了，她要結婚了，在二十九歲之前，把自己嫁出去。她成功了。

我到錄影帶店去等吉米下班，趁他有空檔的時候，到櫃台對他說：

『小戴出現了。』

『不會吧？妳見到鬼了？』他睜圓了眼睛。

『她沒死，她要結婚了，我要幫她做指甲。』我忍不住地雀躍。

『太好了。我們要慶祝！』

『好！今晚去我家，看錄影帶。』

打烊之後，吉米抓了洋芋片、牛肉乾和杏仁小魚，我把杏仁小魚放回去。

『怎麼？妳不是愛吃嗎？』

『我吃膩了。』我皺皺鼻子。

我們還沒看完電影，我和吉米已經忘情親吻到一種沸騰的地步。

『如果我不是小戴投胎的，爲什麼會對妳這麼有感覺？』吉米停下來問。

我拉住他，不讓他停，一邊含糊地說：

『因爲你抵擋不住我的魅力嘛……』

我聽見他笑，看見他的喉結輕輕滑動著。

我從夢中醒來，清清楚楚聽見，啪，啪，啪，啪，剪指甲的聲音。

我翻過身，看見吉米異常清亮的眼眸，他正看著我。

『你沒睡？』

『我捨不得睡，我怕睡著了，發現這只是一場夢。』

我決定問清楚，雖然他可能什麼都沒聽見，雖然這可能只是我幻聽，也許我該去看看治好產後憂鬱症的那位心理醫師。

『你有沒有聽見……』

『剪指甲的聲音？』

『你聽見了？』

『我不確定是不是剪指甲的聲音，但是我確實聽見聲音，從浴室傳來的。』

住在我的浴室裡的，指甲怪獸？

吉米牽著我往浴室走，我拉住他，舉步維艱。

『不要怕。』他說：『我會保護妳的。』

我從沒想過，會有一個這麼年輕的男孩子對我這樣說，他不僅是說，我相信他也會做，從他握著我的手的方式，我已經明白了。

他點亮浴室的燈，清清楚楚，浴室裡什麼都沒有。呵，我們都聽見了。

吉米鬆開我，往浴缸靠近，他彎下腰檢視一下，然後站起身子，明亮的笑起來。

『謎底揭曉了。』他把我拉到浴缸邊，對我說：

火燄百合

在看不見妳的日子，在想念妳的日子裡，

我像一封信，被摺疊著，裝在信封裡，

不能呼吸，無法思想，焦急的等待著，被妳輕輕的展開……

我看見爺爺，他鬆開我的手，沿著那株巨大如天梯的百合花攀爬上去。我知道他能上得去，因爲他曾經是攀岩高手，他將會成功的脫逃，他會獲得自由。而我卻不能。因爲火燄已經熊熊席捲而來，原來火那樣美豔，像一朵朵噴吐開來的花蕊。火舌吞噬我潔白的裙子，我聽見爺爺叫我：『糖糖！來啊，快來！糖糖——』爺爺！我吃力的仰頭看他，我的眼淚流下來。

醒來的時候，我看見媽媽坐在床畔，她的冰涼手指碰觸我的額頭。

『糖糖，妳外公去世了。』

我一向不叫外公，我都叫他爺爺。他將我捧在掌心，細心呵護著，六歲入小學之前，都是爺爺帶我的，父母親忙著創業，我忙著耍賴任性，慢慢長大。

我在社區裡和男孩子玩遊戲，從鐵絲網上跳來跳去，紮緊的辮子鬆散下來，裙襬被勾破了，玩得忘了回家。爺爺拎著我回家，替我洗頭洗澡，把燈開亮了，替我補裙子，他看著我嘆氣：

『小糖糖這麼瘋，長大了誰敢要妳？』

『爺爺要！』我仰起頭大聲回答。

於是，爺爺就笑了。

我在家裡和表哥表弟吵架，他們不肯吃青菜，卻把半盤青菜往我碗裡倒，我氣不過，將碗拿起來，整個扣倒在表弟頭上，空心菜和飯粒緩緩從他腦袋上滑下來。那一次爺爺把我關進房間去『反省』，幾個小時之後，發現我全無悔意，爺爺又嘆氣了：

『小糖糖這麼壞脾氣，以後誰理妳？』

『爺爺理！』我小小聲的說。

全世界不理我都沒關係，可是，爺爺不理我，就是世界末日了。

爺爺是我的靠山，是我的世界。曾經，更小的時候，表哥推了我一把：『喂！不是妳爺爺啦！妳應該叫外公！』

我嘶著嗓子哭到沒有聲音，嚇得全家族的人一齊來哄。

我拉住爺爺的衣襟，喑啞著喊：『爺爺！爺爺！爺爺——』

爺爺的眼圈也紅了。那時候，我們家族沒什麼大事，這已經是可以談論好幾年的大事件了。

有時午睡起來，我蹬開被子，揉揉眼睛說：『要看魚。』爺爺便騎腳踏車載著我去十幾公里外的溪溝裡看泥鰍；有時候我指著曼陀羅花說：『百合花。』爺爺便又騎上他的腳踏車帶我到山谷裡尋找山百合。

媽媽說：『糖糖是我爸的命根子。糖糖如果要星星，我爸也會爬上天去摘給她。』

『我才不要星星。』我那時已經明白爬上天去有多危險，我不願意爺爺冒險。

媽媽的臉湊近我：『糖糖。聽見沒？外公去世了。』

我覺得她的臉好詭異，扭曲放大，有些變形。原來，她哭了。她爲什麼會哭呢？她爲爺爺去世而哭？難道她也會傷心嗎？

是啊，她說過她會傷心的，當她收到愼言寄來的信那一次，她簡直傷心到快要崩潰了：『這是什麼？』

這是愼言的信，我已經等了好久的信，如果再收不到信，我猜我會偷渡到美國去，也許一輩子都不會回來了。

『這是我的！』我劈手將信奪回來，親愛的愼言告訴我，在美國的生活很規律，父母親看得很緊，愼言告訴我愛我想我，可是，想來想去這樣下去沒有希望，也許，這世界的本質眞的不適合我們，也許我們應該分手，以後不會再寫信來了。

不可以，我們奮鬥了這麼久，爲什麼要放棄？那些在一起的人不見得相愛，相愛的人爲什麼不能在一起？我要去美國，我知道只要愼言看見了我，就會堅持下去的，因爲她愛我，我知道的，她只是身不由己。地址呢？地址呢？我翻來覆去的尋找，『地址呢？』我大聲喊出來。

『妳是不是著魔了？糖糖！妳在搞什鬼？』

『我要地址。把地址還給我，這是我的信。妳怎麼可以偷看我的信啊！』我對媽媽喊叫。

『妳們兩個女生在搞什麼？妳們在搞什麼鬼？』媽媽的眼中有恐怖的光在流竄著。

爲什麼她覺得那麼恐懼？是什麼嚇到了她？我們只是愛著彼此啊，愛是不會令人受傷的，也不應該讓人恐懼的。

『媽！妳幫幫我好不好？我要愼言！我愛她！』

『妳……妳不正常！』

媽媽的聲音顫抖，她連同性戀三個字都不肯說：『原來是這樣，所以，愼言父母要帶她去美國，怪不得她媽媽教我多注意妳！爲什麼好的不學，妳給我學變態？妳不怕我傷心嗎？』

我只是想念慎言，我只是想要寫信給她，我反覆看著她的藍色字跡，寫在米白色的信紙上：

『每一次，我展開妳的信，便也覺得自己的生命被妳展開。

在看不見妳的日子，在想念妳的日子裡，我像一封信，

被摺疊著，裝在信封裡，不能呼吸，無法思想，

焦急的等待著，被妳輕輕的展開……』

慎言啊，慎言，思念原來是這麼深重的痛楚。

我彷彿仍可以看見她騎著腳踏車，越過我，停下來，還沒說話，先璀璨的笑起來，她的微笑裡的熱度，可以燃燒：『早安。』

『早。』起初，我總是那麼羞赧失措，就像是被燃燒到的樣子。

『那，載妳去學校吧。』

她歪了歪頭，我就上了她的車，悄悄看著她曲線美麗緊繃的腿，在裙子下面，踩踏著踏板，像在舞蹈的姿態。她常常取笑我：『好輕喔，妳是布娃娃呀？』

當她生氣的時候，她會這麼說：『妳是布娃娃呀？沒有心，沒有感情的嗎？』

我不回答，她便跨上車子，風一樣的離開。黃昏裡四處流竄的風掀起她的白襯衫，像一隻風箏，愈走愈遠。

我並不眞的想接受那個男生的約會，也不想讓她難過，可是，她是女生，我也是女生，我們該怎麼辦呢？

這件事我不知道該找誰商量，連爺爺也不能說。

『假如我喜歡上一個不應該喜歡的人，該怎麼辦？』

我裝作若無其事的樣子，和爺爺閒扯。

『不應該喜歡啊？』爺爺想了想：『我經歷了戰爭，很多死亡，活到這把年紀了，我只知道，快快樂樂的活著最重要。』

後來，我在教室的窗子上看見愼言，她坐在窗框上，垂下來的腿顯得很無力，看見我的時候，努力的微笑，只是笑得很苦澀。

『對不起……我不是那個意思。』她說。

『沒關係。』我從門口走過，進教室裡去。

她的胳膊伸出來，很迅捷的攫住我的手腕，她從窗上落下，貼住我的身體。

『我想過了，其實我根本沒有權利干涉妳，妳想跟誰約會，跟誰戀愛，都是妳的自由……』

『是這樣嗎？』我注視著她的眼睛，她的黑眼珠騙不了人，那裡面有著強烈的壓抑和渴望。

『是的。』她回答。

還要逞強？

我抽回被她握住的手，清清楚楚的對她說：『如果這是妳的眞心話，那麼，我對妳眞是失望透頂。』

我扔下發愣的她，走向自己的位子。

她的沮喪困惑的面容，忽然之間產生劇烈變化，眼瞳間的光采瞬間燃起，像一株百合驟然綻放。她微笑地捧住自己的臉頰，望著我點頭，露出牙齒笑了又笑。最酷的女生愼言，忽然變傻了。我故意轉開頭不去看她，假裝對其他同學談論的事興味盎然，可是，在這充滿喧嘩聲的教室裡，我只能看得見她，我甚至聽得見她無聲的歡呼震動屋宇。

我們是眞眞切切的戀愛了，也確確實實被阻絕了。

愼言的父母親原本就具有美國國籍，他們丟下她還在唸小學的弟弟，帶著愼言去美國遊學，接著就替她辦了休學，將她留滯在美國了。

這變故來得很快，但，我們並不是完全沒有準備的，曾經，對於未來，我們有過各種假設，其中一個是如果硬生生被拆散，不能在一起，那麼，『送妳一朵百合花』，就是『我依然愛妳』的秘密暗語。

聽到這句密語，就不可以放棄，一定要繼續堅持到可以相聚的時候。

現在，媽媽看見了愼言寫給我的信，終於，在咱們這個傳統保守的家族中，我闖出第一件禍事。

爺爺推開房門，走進我被囚禁的房間時，我知道事情眞的鬧大了。

『眞的喜歡了不應該喜歡的人了？』爺爺問。

『爺爺！』看見爺爺，我的委屈湧上來，淚跟著來了。

『妳媽希望妳能改……改一改，就沒事了。』爺爺擁著我，他的手臂依然強壯有力。

我忽然希望，他能像小時候一樣，用他的手臂一拉，我就能從山壁登上山頂，看見美麗的風景。

『爺爺！你要幫我，幫我去美國，我要見愼言。』

爺爺沒有回答。

『愼言說……我們以後都不要聯絡了，可是我不相信，這不是她的眞心話。我要看著她，她只要看見我，她會說出眞心話的，她就是不能拒絕我，我知道的……』

『聽爺爺的話，別這麼任性……』

『我沒任性。』我從爺爺胸前抬起頭：『我知道了，你覺得我是壞的，你也覺得我不學好，是不是？』

『他們都說是我寵壞了妳，都是我不好……』

我看見爺爺臉上的皺紋，自從他搬去和二舅他們一起住，我已經不常見到爺爺了，他的眼睛塌垂下來，他已經是一個老人了，我還能要求他什麼呢？

『不是的，不是你的錯……我想，我不會再去上學了，再也不去了。我讓你失望……我是壞的。我從小就壞！我沒有救了！爺爺，你別再操我的心了，也別再管我了。你就當……白疼了我一場……』

爺爺用力的，緊緊的擁抱住我，他哽咽地說：

『妳要記得，爺爺愛妳。不管怎麼樣，爺爺都愛妳。』

我沒有回應他，只是覺得自己即將死去了一樣的絕望，在爺爺的顫抖中絕望。

我知道爺爺愛我，但，那還不夠，我要慎言愛我。

他們不能一直關著我，我又回到學校，我開始蹺課，逛到西門町去。

一幢接一幢商場逛著，有時逛進專賣香港貨的商場，有時走進專進日本服飾的商場，忽而到了香港，忽而到了新宿。我在唱片行裡花很久的時間，聽西洋流行音樂，那是慎言最愛做的事。她專心聆聽音樂的表情很美，好像到了另一個神秘的空間，我掛住耳機一首接一首聽著，彷彿慎言走到我身邊，她的身體似有若無的貼著我的背，她的鼻息溫柔的吹撫著我的臉頰，下一秒鐘，她就會牽住我的手，對我微笑。

我把整張專輯都聽完了，她沒出現，掛回耳機，我覺得無比疲憊。

不聽音樂的時候，便隨意走著，有時喝一杯卡布其諾咖啡，有時喝一杯五百CC木瓜牛奶，累了就進電影院睡覺，餓了就去麥當勞吃漢堡餐。

有一次，吃午餐的時候，我發現有一桌老頭子盯著我看，奇怪的笑著，對我點頭，我起初以爲他們是爺爺的朋友，認識我的，所以，也對他們笑笑。當我上完廁所，發現他們已經坐在我的桌旁：

『小妹妹！新來的啊？』

我的腦中轟然一響，『援助交際』四個字撞上來，忙拉起書包，踉蹌地奪門而出。難道，我看起來已經像個落翅仔了？後來，我買了餐總坐在街邊吃。

有一次推門進麥當勞，忽然看見爺爺，正從另一扇門離開。我不敢叫他，怕他發現我在街上混，但，我還是悄悄跟了一小段，然後，我確定那只是個很像爺爺的老頭，因爲他的臂彎裡攬著一個穿制服的女孩，女孩看起來和我差不多大。他們就像情人一樣親暱，兩人一起走進了賓館。

我站在賓館門口，瞬間覺得非常無助，然後，我告訴自己，那當然不可能是爺爺。絕對不會是爺爺。

爺爺搬來城裡以後，湊了幾個牌搭子，當家裡的人都去上班上學的時候，他就找朋友打牌去。他應該不會，也不可能出現在這裡的。

我的遊蕩生活不久就結束了，因爲神通廣大的媽媽。

媽媽這次並沒有發作，她不知道怎麼聯絡上了愼言的父母親，並且，教我和愼言講電話。

『愼……言。』我激動到口齒不清。

『糖糖啊？我現在都很好，已經適應這裡的生活了。再過幾個月就可以申請大學了，我，我和同學相處得很好……』愼言一連串的輕快的說著。

我詫異地聽著，這確實是愼言的聲音，她在幹嘛？在寫作文嗎？她的作文能力退步了，簡直像小學生，以前，她的情書寫得多好，那些深邃幽微動人的字句哪裡去了？那些可以點燃我血液的文采與情感哪裡去了？

『喂！糖糖妳在嗎？』

我聽見了她的心慌，這心慌比較眞實。

『我在。』但，我在或不在有什麼差別？

我們都是受制於人的，沒有自由，連愛的自由也沒有。

『我最近和，和一個男生約會，他對我很好，我們在一起很快樂，我想，我應該很喜歡他吧……』這就是重點了，這通電話的重點，爲了把我撕成碎片。

『以前的事情，我已經漸漸忘記了，我希望妳也可以忘掉，我們都還很年輕，只有十八歲啊，以後……』

『慎言！』我忽然打斷她，簡直是粗暴地：『妳聽好，我很想送妳一朵百合花。』

我渾身發抖，說完之後，腦中一片空白。

其實，我已經沒有把握了，她還記得那個密語嗎？『送妳一朵百合花』，就表示『我依然愛妳』，她會記得嗎？慎言曾經放棄過，她放棄我，也就是放棄了她自己。我必須一搏，哪怕是全盤皆輸。

電話那一頭是緘默的，巨大的空洞絕望急遽吞噬我，我想，我要滅頂了。

『糖糖！』慎言窒澀的聲音，響在我的耳朵裡：

『我天天送妳百合花。』

天使的語言，令我獲得救贖。

我瘋狂的叫著『慎言』、『慎言』，我大叫，歇斯底里的痛哭，我也聽見慎言壓抑的哭聲，然後，我們的電話被掛斷。

父母親一定以爲我們爲訣別而哀傷，他們不能瞭解這其實是印證了愛的深刻快樂。

我重回校園，稍有空隙就找家教補習，我必須考上大學，然後才有自主的可能性。只要有愛，我就不會放棄。

爺爺的事是在六月一個炎熱的夜晚爆發的。

據說警察臨檢發現了他和未成年少女的性交易，舅舅去警局保釋他出來。我和媽媽趕過去，二舅說：『從來沒想過，會到警察局去保自己的老爸。』

『不是都去打牌了嗎，怎麼會搞出這種事情來？』

『聽說……牌搭子都走得差不多了。』

那天我沒看見爺爺，他躲在房裡誰也不見。我到他的房門口，輕輕扣門：

『爺爺，我是糖糖……我想見你。』

沒有一點動靜。

『爺爺……爺爺……』

我等了又等，索性沿著門滑坐在地上了。以前，不管是什麼時候，只要我呼喚，爺爺沒有不應的。這一次，他始終沒有應。

過了兩天，聽媽媽說大舅也回來了，我們又去了二舅家。大家面色凝重的坐在一起，好像是什麼人死去了的樣子。

好多年沒見的大舅看見我，微微詫異：『糖糖都這麼大了。』

他客套的問：『要不要來美國唸書啊？』

『好啊，我很想去。』我認眞的說。

『別東扯西扯的。』媽媽緊張起來：『不是要討論爸的事嗎？』

大舅嘆了一口氣：『你們到底怎麼回事？怎麼會搞成這樣？』

二舅馬上反彈：『是我們搞出來的嗎？你這是在怪我們囉？』

媽媽出面打圓場：『這不是誰怪誰的時候。鬧出這種事情，我們誰都不好受……解決問題要緊啊。』

大舅聳了聳肩，非常美國人式的：『從來沒想過會這麼灰頭土臉的回來，這算什麼？不良老年啊？』

『一直以爲他和那些老朋友在一起，誰知道會去西門町鬼混？這麼大把年紀了……是不是腦袋壞啦？』

我看著他們，再看看爺爺緊閉的房門，他們就這麼毫不避諱的高聲議論著，難道一點也不在乎爺爺的感受嗎？在家裡當媽和爸聊起我和愼言的事，都還要壓低音量，或者關起門來的。他們，他們在羞辱的是他們的父親啊。

二舅建議將爺爺送去美國住，大舅不肯：『你們知道我來往的都是些什麼人了，家醜不可外揚啊，還要宣揚到國外去？』

媽媽建議不如送去大陸，找個女人伺候他：『一個女人如果不夠，就多找幾個女人，找年輕的也行，一勞永逸。』

爺爺忽然開門走出來，正在門外玩的小表妹看見爺爺，歡快的奔跑過去。

二舅母喝止：『寶貝！不准去！過來。』她的語調非常嚴厲。

爺爺的臉色瞬間灰白，他拉了一把椅子坐下來：『你們不必想著怎麼處置我，等到官司結束了，我去養老院。』

『那也不行。』二舅說：『我明年就要選舉了，到時候，人家會說我遺棄父親，這個傷害太大了！』

『這也不行，那也不行，你們就當我死了。』

『可是，你還沒死啊。』媽媽平靜地說。

爺爺的臉色慘然，眼神空洞，四下裡一片死寂。

我疼痛得像被火燄灼燒烹煮，奔向前去，拉住爺爺：『你哪裡都不去，你跟糖糖走。爺爺！我們走！』

爺爺看見我，他的神情很艱難，好像有話要說，卻又說不出來。他的手顫巍巍的握住我的手，像是愧疚又像求助的喚：『糖糖……』

我撲身想要擁抱他，就像他以前擁抱住我的樣子，可是，我被爸爸截住了，媽媽也來扯住我，他們合力將我架開，帶回家裡去。

我躺在床上不吃不喝，聽見爸爸和媽媽竊竊低語：

『不知道有多久了……糖糖小時候總跟著他，怪不得變成這樣。』

我還記得爺爺強壯的手臂，還記得爺爺結實溫暖的擁抱，他是個健康的人，他也許只是需要一些擁抱，一些溫暖的柔情……爺爺做了我不理解的事，完全出乎我的意料，但我依然愛他。就像爺爺對我說過的，不管怎麼樣，他都會愛我。

有一天，媽媽進來我的房間，試圖和我聊天，她不著邊際的問著，問一些小時候的事，問爺爺都帶我去哪裡玩？玩些什麼？我於是想到那些童年的午後，想到自己攀在爺爺的手臂上盪鞦韆。

媽媽說，他們現在都迷惑了，不知道爺爺到底是個怎麼樣的人。

『妳認識了他一輩子，現在忽然不認識他了？他是妳爸爸嘛。』他們爲什麼竟像完全不認識爺爺了似的？

『告訴我，外公有沒有對妳……對妳……做過什麼……』

『你們瘋啦？』我彈起身子，摔開媽媽的手。

『妳舅舅他們要把妳外公送去看精神醫師……我想，妳也應該和醫師談一談……』

『你們放過他好不好？放過我好不好？』我不想這樣尖銳的喊叫，不想看起來像個瘋子，可是，我真的覺得好痛苦：

『讓我跟爺爺在一起，我要爺爺。』

聽見爺爺過世，我好後悔。我應該告訴他，我愛他，我好愛好愛他，但我沒有告訴他，永遠沒有機會告訴他了。

那一天，我一個人回到鄉下去，尋找當年爺爺帶我去過的百合山谷。就像小時候一樣，必須攀過一面山壁，我沿著突出的石塊往上爬，彷彿爺爺就在前面，他常常停下來，輕輕喚著我：『糖糖！來啊，快來！』

我伸出手，拉住他厚實溫暖的手掌，只要爬上去，就可以看見滿谷芳香潔白的百合。

那時候，我只認識百合，還不知道火燄。

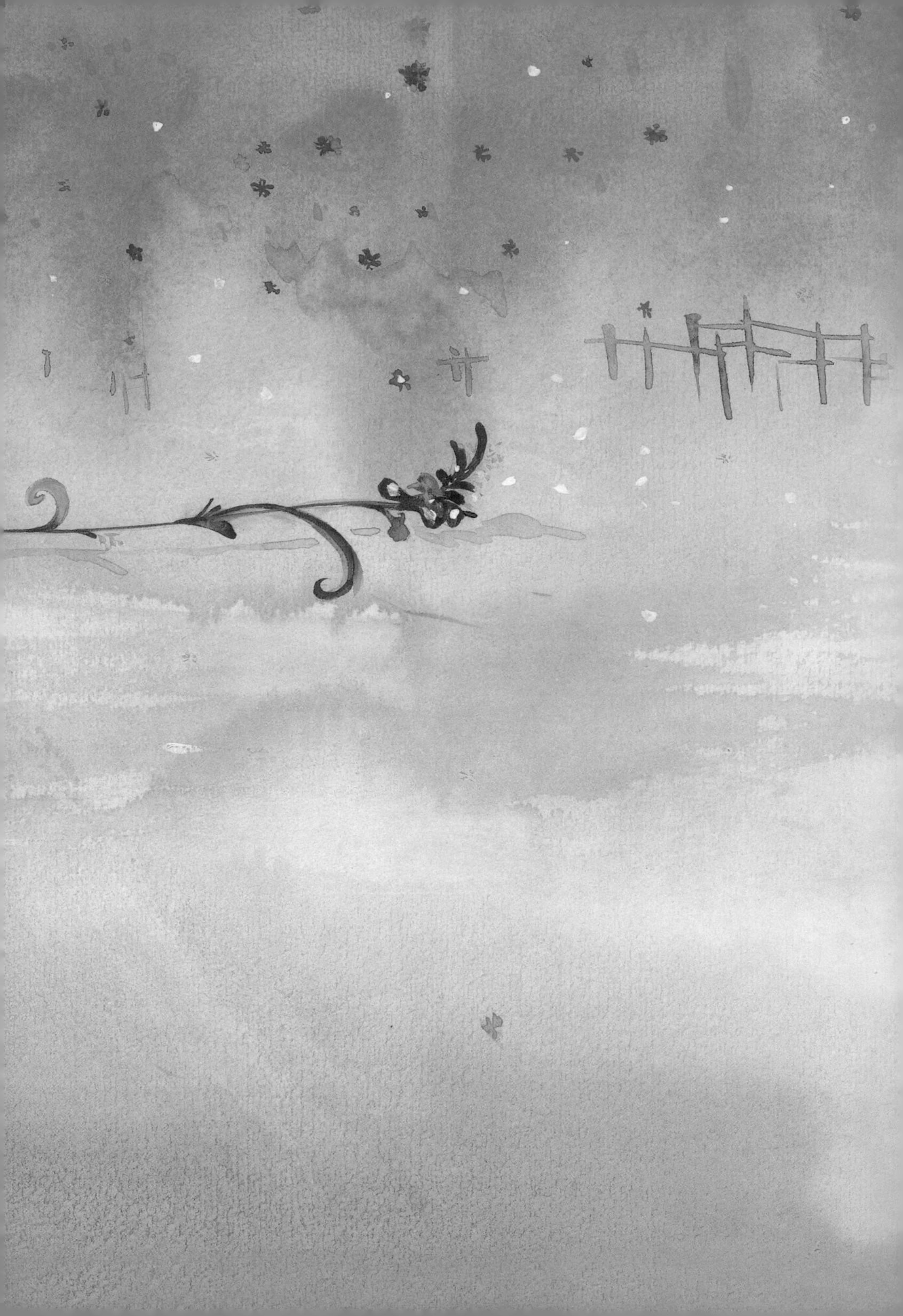

櫻花祭

那年冬天很冷，東京夜的街頭鋪著一層薄薄的雪，晶瑩璀亮。

他把她的手袖在口袋裡，用手指與她的手指溫存纏綿，

他們在居酒屋喝下第一杯清酒，她就已經醉了。

雅典是在那一刻，有了謀殺他的念頭的。

當雅典按下快門的時候，他歡呼起來，與餐廳老闆娘握手，一邊把旅遊雜誌上老闆娘的相片展示給她們看，一邊用蹩腳的日文說著，爲了尋找這家餐廳，他們花了多少時間。兩位老闆娘臉上有著耐煩的神情，微笑著在他們面前送上烤燙的鐵板與鴨肉。他與高采烈向雅典演講，說明這種料理是皇家出外狩獵時，鄉間農民用肥鴨在鋤頭上烤出來，招待皇室的佳餚。

『妳看！妳看！眞的是鋤頭耶。』他整張臉都泛著興奮的紅光。

兩個老闆娘說了一堆客氣話後，鞠躬離開了。

他爲什麼這麼高興呢？這不是他們倆最後的離別旅行嗎？雅典估量著，如果把燒熱的鋤頭砸向他的太陽穴，會不會致命？他死後她會立即離去，收拾簡單的行李搭機回台北。

反正，沒有人知道他們結伴旅行，沒有人知道，他們曾經相戀。

『哇！妳嚐嚐，嚐嚐這鴨肉的味道，眞是，眞是不錯啊。』他把一片剛剛烤好，滴著油的暗粉色肉片浸在她的調味碟裡。

祇園華燈初上，異鄉的夜晚，她只有他一個人，她不能殺他。

雅典把馬鈴薯一片片排列在鋤頭周圍，再把鴨肉片放中間，烤出來的鴨油滋滋響著，流向馬鈴薯。

他觀看著，無聲地笑起來：『妳眞是有天份，最會吃的女人。』

追求她的時候，他看見的絕不是她吃的天份：『世界這麼大，可是，如果沒有妳，到哪裡也是荒涼的。』

他還給過她承諾：『我和我老婆早就互不干涉了，只是以前沒遇見妳，所以，沒有離婚的理由。』

他也給了她保證：『如果孩子和妳要我做選擇，我當然選妳。孩子會長大的嘛，他們有自己的世界，我也有我的世界。』

就是因爲這些那些動人的肺腑之言，她才愛上他的。

他們的戀愛很秘密，每年三次的旅行，才能光明正大的同進同出。

剛開始旅行的時候，她慫恿他爲老婆孩子買點禮物，他總說沒必要，卻會在她的行李中偷偷塞進小禮物。後來，她發現他悄悄地在旅途中買女裝、巧克力。

上一次旅行也是到日本，住在東京的飯店裡，他打開冰箱拿出一罐彩色糖果，喀啦一聲，再放不回去了。

『好吧，我吃吧。』雅典說。

他一把搶回來：『這是小孩子吃的。』

說著，迅疾地塞進自己的行李中。雅典怔怔地站著，那時便隱隱覺得了什麼。

『我覺得妳最特別的就是理性美。』他是這樣與她談分手的：『我沒勇氣向老婆和孩子交代，他們不會原諒我……但，我知道妳一定能諒解。』

爲什麼？爲什麼我一定要諒解？她並沒有與他吵鬧，只是開始失眠，大把大把掉頭髮。

一個多月之後，她約了他見面，問他：『你答應過我要去京都旅行的，還去不去呢？』

他看著她打薄剪短的頭髮，暗紫色的眼圈，一種頹廢的美感，慨嘆地：『女人眞是多變，瞧妳像個孩子似的。去啊！怎麼不去呢？』遲緩了一下，他瞇了瞇眼，像在緬懷什麼：『反正是最後的旅行。』

爲什麼要約他去旅行呢？

她明明知道到這個地步，是非分手不可的了，可是，什麼時候結束？什麼方式結束？得由她來拿主意。

她向他要了這次的旅行。

一到京都車站，她就後悔了，完全不是她想像的古樸素雅。

高闊嶄新的京都車站，四面都是玻璃帷幕，陽光明晃晃的穿透進來，尖利地照射著，彷彿能割人。一層又一層的電扶梯，有種穿透雲霄的氣勢，卻完全不是她所以爲的樣子。

她沮喪了，他卻很高昂：『時代在進步啊，連京都車站也這麼後現代，太壯觀了。』

進入房間，她習慣性的去浴室看看，一個亮晶晶的浴缸等在那裡，過去，他們一進房間，總是先放水洗澡，然後親熱一場，常常累得連出門吃飯的力氣也沒有，便叫進房間吃。

她出來的時候，他正在吧台檢視咖啡和茶包。

『天快黑了，我們到祇園去逛逛吧，到那兒吃晚餐去，我知道有一家好的。』他的眼睛甚至也不注視她，進到浴室洗臉去了。

『他是不是因爲甩掉了我，所以這麼興奮呢？』看著鏡頭裡和老闆娘站在一起的他，她忽然覺得，他好像眞的是爲旅行而來的，與她無涉，與他們的感情無涉，一個念頭倏地升起來：謀殺他。

不該這麼容易的，他憑什麼對她呼之即來，揮之即去？

因爲第一天夜裡，他們各自安靜地睡去，雅典在一種悲哀的情緒中醒來。她還清楚的記得，第一次他們約了一起出國旅行，是去東京。那年冬天很冷，東京夜的街頭鋪著一層薄薄的雪，晶瑩璀亮。他把她的手袖在口袋裡，用手指與她的手指溫存纏綿，他們在居酒屋喝下第一杯清酒，她就已經醉了。斜倚在他懷裡，隨著他回酒店，隨著他攀上歡愛的巓峰。

『下雪了。』她支起身子看窗外，細細飄飛的雪花。

『天亮就停了。』他吻了吻她裸露的肩，去淋浴沖洗去了。

每一次他們歡愛過後，她都願意保留住他的汗水與體腺分泌出來的氣味，在她的身體上，像一種印記，標示著彼此相屬。他卻總是迫不及待的去沖洗，說是流了太多汗，很不舒服。

雅典心裡明白，他正在努力湮滅證據，那嘩啦啦的水聲，令她打從心裡不舒服。她披著浴袍爬起來，掀起窗簾坐在窗台上，看著窗外無聲的雪花，靜寂的街道。

忽然發現，雪花的墜落是如此的絕望，沒有挽救，粉身碎骨，並且，天亮之後就會停了。就好像自己的戀情，回到台北之後，這男人便不屬於她的了。她想著，淚盈於睫。

忽然，窗簾被掀開，男人濁重的喘息著：『原來妳在這裡……我以爲妳走了。』

男人的表情確實寫著驚惶和無助，那一刻，她完全原諒了他。

『我能走到哪兒去呢？』她幽幽的問。

『妳隨時可以離開我的，我隨時會失去妳的。』他把她從窗邊抱起，放在床上，暖著她貼在窗上變得冰涼的雙手。

他的眼睛看著她，那是一雙熱烈的愛著的眼睛啊。她貪戀他的愛，貪戀被愛著的自己，她沒打算要離開。

此刻窗外沒有雪，她坐在京都酒店的窗台上，庭院裡有一株盛放的櫻花樹，靜靜飄墜著落花，也像雪花一樣絕望。不，比雪花更絕望，因爲那雙曾經燃著烈愛的眼睛，已經斂熄了。

雅典轉頭看著熟睡的男人，時而發出呼嚕的鼾聲，如果，此刻他醒來，看見孤獨坐在窗邊的她，會對她說些什麼呢？

其實，什麼都不必說，他只要醒來，就像以前一樣，每當她從夢中醒來，他也轉醒，安撫的拍拍她，對她安慰的笑一笑。

是的，只要他醒來，她便完全原諒他。原諒他的苦衷。原諒他不能堅守誓約。原諒他只是個無能爲力的中年人。

但，他到底沒有醒來。

雅典坐累了，她想睡卻無法入睡，她翻著包包尋找安眠藥，找到的時候卻又遲疑了。她想到朋友說過，吃安眠藥入睡的人，醒來時往往都會帶著憂鬱的情緒。但，究竟應該整夜不能入眠，還是憂鬱的甦醒呢？

金閣寺的園裡，好幾株櫻花都已盛放，雅典在樹下拍了幾張照片，她說：『我愛櫻花，那麼美，卻又那麼短暫。』

他收起相機走向她：『遠看眞的挺美的，近看就像面紙啦。』

他一定不知道這話刺激了雅典，雅典覺得他就是這樣看待她的，日子一長，便覺得不過如是。

金閣寺比雅典想像中要小得多，更像是池水中的黃金標本，她倚在池邊遠望著寺頂的鳳鳥，想像著牠當年在熊熊火燄中被燎燒的痛楚。牠也是避無可避的吧？

『妳說，金閣寺被燒過？』他問。

『是一個和尚燒的，他說他嫉妒金閣寺的美，所以把它燒了。』

『有這樣的事？』他半是驚奇半是嘲弄地笑起來。

『當然有。比方說，我嫉妒你回到妻子身邊去……』她不再說，緩緩走開了。

第二次，她升起那個念頭。

看見木造懸空的清水寺的時候，她眞的有些震懾了。那麼孤絕，又那麼安穩的建築。

他們爲了取景，避開人潮，他攀在欄杆邊緣，幫她照相，搖搖欲墜，如果一陣大風吹過……她忽然希望他失足墜下去。

底下是山谷，他和他的相機墜下去，她不會走開，會大聲呼救，相機裡有她的照片，他的妻子便會知道，他背叛了妻子，雅典是他的戀人。也許，雅典還會告訴她，他們是約好了來京都殉情的，教他永無翻身之日。爲什麼不呢？她對著他極媚惑地笑了。

啊——一隻烏鴉飛過去，嘹亮地叫聲。

他從欄杆下來，挽住她的手：『剛剛我在想，如果我不小心摔下去了，妳會不會原諒我？』

她沒有掙開，偏頭睨著他：『我原諒不原諒，有這麼重要嗎？』

『妳原諒了我，我才能原諒自己。』他說。

她的心微微一跳，他其實是明白的，明白自己的怨懟，可是，有什麼用呢？他還是放捨了她，還是深深重重的傷害了她。並且還說，妳是講道理的，妳不會爲難我的喔。

她恨他。根本不和他討論原諒不原諒的話題。

『喂！』她露出小孩子的活潑笑容：『我們去看戀愛占卜石吧！』

許多女孩子圍在占卜石附近，等著蒙起眼睛從一塊石頭走向另一塊石頭，如果可以走到並且摸到石頭，就表示戀愛順利，幸福可期。兩方石頭之間原來距離並不近，一個穿和服的女孩正蒙住眼睛，慢慢往前走去，其他的女孩聲嘶力竭的喊著：

『右邊，再右一點，嘿！往前啊……加油！左邊，左邊……』

女孩在中途停下來，顯出失去方向的迷惑模樣，她開始轉動身子。

『不要，不要動啊！』她的朋友驚叫起來：『往前走啊，不要停，右邊……右邊一點……』

女孩彷彿在笑似的，可是，雅典看見她抽動的嘴角，從蒙眼布後流下的眼淚。雅典的心忽然酸澁悽楚了。

『我去逛逛，等會兒來找妳。』他鬆開她的手。

她不想再看下去，也不想知道女孩究竟能不能摸到愛情石，就算摸到了也不代表什麼。她去找他，看見他在買平安御守，他買了一個裝在盒裡的闔家平安御守，看見她的時候有點尷尬：『小孩子總是生病。』

她只是不明白，因爲他不是個居家男人，才與他戀愛的，怎麼相愛之後，他愈來愈居家男人了？

第三天，他們從南禪寺往銀閣寺去，他堅持要走『哲學之道』。

『妳不是愛櫻花嗎？怎麼不去看看鋪滿櫻花的小路呢？』

雅典其實是累了，她變得意態闌珊，不明白當初堅持這一次的旅行究竟有何意義？

『這些天來看的櫻花還不夠多嗎？』

『那麼，妳先坐車去銀閣寺等我，我眞的要走一走。』

雅典妥協了，告訴自己，和他並肩一起行走的時刻不會再有了。

昨夜，他攬抱住她，是那樣的溫柔。他熟悉她肌膚的每一根起伏線條，她在他的探索下歡愛吟哦。當她平復下來的時候，他摩著她的耳垂，低聲說：『原諒我，雅典原諒我……』

這一次，他沒有急著進浴室去沖洗，他的汗水濡著她的身體她的頭髮，他整個的環抱著她，幾乎令她窒息，她彷彿感受到他微微的顫慄。

『我原諒你。』她說，並不確定自己眞正的感覺，但，她知道他此刻需要的是這個，於是，她就說了。

他們在『哲學之道』走了一段相當長的路，沿途的溪流與落櫻原本很吸引雅典，卻因爲疲憊漸漸失去耐心。後來，雅典發現他在找一家店舖，那家紙藝店出現的時候，他的臉上有著如釋重負的喜悅。那家小店用各種顏色的棉紙，摺疊出各種可愛的人物和造型，雅典站在門口，舉步維艱，汗珠爭先恐後從皮膚之下沁出來。

她記得他說過，他的妻子喜歡紙藝，還開班授課。她問他：『你買這個送給她，不怕她發現？』

『不會的，我們已經講好了。』

或許因爲走了太多路，或許因爲找到了太欣喜，他就這樣脫口而出。

『她知道了？她知道我們要來旅行？她都知道了？』

他錯愕地看著她，然後，點了點頭。

雅典發覺自己被抽離了，丟置在一片荒野裡。原來，他的妻子知道了他們的事，所以他要和她分手，他報備了這次的旅行，她根本不是偷來這趟旅行，而是他的妻子施捨了這場旅行，給一個手下敗將。她被他和他的妻子一起封殺出局了，他可以回家做浪子回頭金不換的好丈夫，他的妻子就是至善至賢的好女人，那麼，她算什麼？這場愛戀算什麼？

浴室裡嘩嘩的水聲，吧台上熱水壺裡的開水滾溢出來，雅典把安眠藥的蓋子扭開。她要爲他沖一包咖啡，淋浴過後，他愛喝上一杯熱咖啡。她知道如果不做的話，一定會後悔的。

她關上房門，走出飯店，進了夜晚的京都車站。

車站中迴盪著現場演唱的音樂與歌聲。宛如表演廳的整排遼闊階梯，是通往天台的『大階段』，週末的現場演唱會就在那裡舉行。她拉著行李混進人群中，攤開長裙坐下來。男歌者很憂鬱地唱著一首歌，在如泣如訴的歌聲中，她想起喝過咖啡的男人，渾身無力，疑惑地看著她的眼神。

『你不能一點代價也不付的，對不對？』她看著他，清清楚楚地說。

男人可能想說什麼，卻失去了氣力，垂下頭，睡去了。

像櫻花紛紛飄墜一般地，睡去了。

好好睡吧。天亮以後，她就要回台北，他卻不能。

十幾顆安眠藥應該可以讓他睡上大半天，然後哀愁的醒來，錯過飛機，讓妻子虛驚一場，並且錯過重要的採購談判，損失一筆進賬。這是他該付的代價。

她到底沒有謀殺他，只是讓他沉沉睡去。讓他知道，這世界並不是爲他而設的，並不是每件事都能盡如人意。讓他體會到一如雪花或者櫻花飄墜的那種絕望感受，他應該體會一下的。

『我原諒你。』臨別時她發自內心誠懇地說。

她親吻他的臉頰，希望他可以聽到。

裙襬開出野薑花

捧著一束野薑花往回走，我的全身忽然起著一種酥麻的癢，

就像是那些傷口即將癒合時的難以忍受的煎熬，

難道我渾身的傷口都迸裂了嗎？

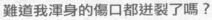

『來！阿源，送到綠色山莊的。』店長將烤好的熱騰騰披薩交給我，我很快的放進保溫塑膠袋裡，抓起安全帽就要奪門而出了。咱們這家披薩店，可是以迅速的外送效率打下一片江山的。

珊珊忽然喊住我：『阿源！你……慢點。』

『瞭啦！』我一邊回應，已經出了店門，發動機車了。

每一次我要出門，她都要叮嚀，簡直就像我媽，也許女人家都是這樣的，也或許上次出事眞的把他們嚇壞了。當我躺在床上的半個月的昏迷中，珊珊自動吃素，天天去廟裡燒香，表姐就說她看著我們兩兄妹從小打打鬧鬧，沒料到竟是這樣的手足情深。珊珊卻急忙否認，她說她是要減肥，才不是爲了我，吃素比較健康啦。當我漸漸恢復，珊珊開始虧我，總說我變笨了，可能是腦袋撞壞了。如果是以前，我一定虧回去，絕對讓她好看，可是，我發覺自己眞的有些不一樣了，那些嘲弄對我來說，一點也不重要。於是，我便笑笑地對她說：『是啊是啊，妳說得對。妳說得都對。』

珊珊的臉上並沒有得意的勝利表情，她擔憂的看著我，欲言又止。我則緩慢的呼吸著，開始發獃。我發現自己發獃的時候愈來愈多，睡覺之前要發一陣獃，醒來之後躺在床上也發一陣獃，甚至連騎車的時候也忽然發起獃來，我看著自己抓住機車把手的手臂，上面綳出的血管形狀，我是活著的，這是滾滾塵世，不是幽冥。掙扎在生死邊緣的那些日夜，不確知自己到底是生是死的紊亂意識，都是過去的事了。我有點迷惘，到底爲什麼？爲什麼我活下來了？我原本應該已經大學畢業了，大四的第一天，出了事。現在，我再過一次學生生涯的暑假，等待著開學，和學弟、學妹一起唸大四。

復元之後，我便到披薩店和珊珊一起工作，儘管珊珊非常堅持不讓我外送，我卻也非常堅持一定要外送，我必須重新習慣騎著機車的生活，這是我原本的生活，是誰也奪不去的生活。

和綠色山莊門口警衛打個招呼，閃過一輛飛快駛過的跑車，我找到了D座，乘著電梯直上11樓，按了電鈴，裝起一張笑臉等待著。咱們披薩店的招牌就是一張親切熱情的笑臉，店長有交代，不管心情如何，都要想像自己是個只會笑的白痴，笑到死，就對了。

我聽見一陣輕快的奔跑聲，同時聽見一邊轉開門鎖一邊說話的聲音：

『我就知道你一定會回……』

門開了，女人臉上的熱切忽然凍結，她一定剛剛哭過，聽見電鈴又笑了，看見我之後又愣了，所以，此刻她臉上的表情太複雜，很難形容。

『嗨！』我仍戴著笑容，像一個溫暖的太陽：『妳好。』

女人穿著一襲貼身的白色洋裝，稍顯瘦削的肩臂裸露著，看得出來她的身體緊繃，只有長髮自然的披垂著。

『你……要幹嘛？』她問。

從T恤到背心到長褲，明明白白宣告著『披薩外送』，難道我看起來還不像一個送披薩的嗎？但，我還是克盡職守的提醒她：

『這是您的海鮮百匯披薩。』

她又愣了三秒鐘，一邊關門一邊說：

『我不喜歡海鮮口味的。』

『喂喂喂！』我立刻伸出腳卡住門縫：『小姐！這是妳點的披薩沒錯吧？妳現在改變主意是不是太晚啦？』

她嘩地一下拉開門，對我喊叫：

『那個愛吃海鮮披薩的男人已經走啦！你為什麼不早點來？只要早五分鐘，他看

見海鮮披薩也許就不會走了。爲什麼？你爲什麼不早點來——』

我啞然，無法出聲。

她臉上的那種絕望，震撼了我。我看過忿怒、哀傷、自憐，但，都不是絕望，絕望原來可以使周遭的生機頓成死灰。

『爲什麼不早點來？』她垂著頭，喃喃地。

『我……我很抱歉。』我聽見自己說：『我應該早點來的。』

女人流著淚的臉忽然抬起來望著我，她有些迷惑：

『你爲什麼要抱歉？該抱歉的人……一點也不抱歉。』

從震撼中漸漸恢復過來的我，只希望她可以付錢，我不在乎向她道歉。

她看起來很疲憊的樣子，將長髮掠到腦後，打量著我：

『暑假打工賺學費啊？』

我點頭，很用力的點頭。

『天氣這麼熱，很辛苦吧？』

『還好。』我小心翼翼的回答，希望可以博得她的同情。

她轉身進房裡去了，不一會兒就走出來，手上拿著一只錢包，我深吸一口氣，皇天不負苦心人。

『多少錢？』女人問。

『兩百三。』我趕忙將發票遞上。

她低頭掏錢的時候，我發現她的皮膚非常細緻，可能因爲淚水的浸潤，還透著柔和的光亮。

接過錢，我把披薩遞給她，她卻不接，向後退了一步。

『可不可以請你……把披薩帶走？我不喜歡海鮮口味。』

我連忙收回披薩。向她說再見，飛也似的離開11樓，離開D座，離開綠色山莊。經過保全室向警衛打招呼，我忽然想起當我來的時候，有一輛跑車與我錯身。可能就是那個男人，愛吃海鮮披薩，卻辜負了女人的那個男人。

我與珊珊和阿畢一起吃著海鮮披薩，海鮮披薩的口味其實挺不錯的，我不明白那個女人爲什麼不喜歡？我將這個披薩的來歷說給珊珊和阿畢聽，珊珊很能感同身受：

『如果是我，我就一輩子不吃海鮮披薩了，而且，我絕不會爲這種男人掉一滴眼淚，不値得。』

我曾經擔心珊珊遇不到好男人，談戀愛會吃虧，看起來真是多慮了。

阿畢說他送過上千個披薩，運氣不錯，都沒碰到過這種『大場面』。

『只要平安度過農曆七月，就沒事啦。』他塞了滿嘴的披薩說。

『送披薩會有什麼問題？』

『咦，你沒聽過大龍的靈異故事喔？』

『拜託，阿畢你別跟他說這些五四三的好不好？』珊珊看起來快要翻臉的樣子。

阿畢聳聳肩不敢再說什麼。可是，當天下班前還是被我拗了出來。

我們店裡最講究的就是準時，大龍是店裡的第一代外送，『快送準時』的臂章每個月都能得一次。那年農曆七月，有位小姐打電話訂披薩，大龍送去的路上，正好遇見一個女學生的機車出了狀況，向他求助，他一時好心停下來，不過只耽誤了三、五分鐘，然而，送到目的地才發現那位小姐上吊氣絕了。只差兩、三分鐘，大龍如果準時抵達，就可以救下那位小姐。大家都猜測小姐並不是真的想死，她以爲大龍會像往常一樣準時送到，據說她連大門都是開著的，就是不想拖延時間。但，大龍還是遲了。從那以後，大龍非常消沉，送披薩變成他最恐懼的事。

大龍離開店裡之後，他的奇遇仍時時被提起。我雖然沒見過他，卻彷彿可以理解他的心情。就像我每次跨上機車，其實還是忍不住忐忑，特別是大型貨車從我後面按喇叭，我便覺得全身寒毛都飆起來了。

恐懼，標記在我們的生命裡，永遠不會消失。

七月一號，店長備齊了所有祭品供奉好兄弟，我們每個人都恭恭敬敬的上香，祈求平安。珊珊不知從哪裡求來一個平安符，規定我必須戴著過完農曆七月。我很溫馴的把紅色布袋掛在胸前，讓她可以放心。

這一天，店長遞給我一個披薩，地址是綠色山莊D座11樓，我到達目的地，輕快地按了電鈴，沒有人回應。我看了看發票上記載的披薩口味，菲力黑椒蘑菇，原來她喜歡這種口味。爲什麼不來開門呢？會不會是……我想到大龍，連忙又按了兩聲鈴，同時愈來愈害怕，我用力拍門。不能啊，千萬不要想不開，天下的男人這麼多，一定會遇見一個好男人的，我想到女人絕望的眼神，開門！開門！開門——

門開了，我看見女人紊亂的頭髮，她的白色洋裝和手腕上都是鮮血，果然，她想不開，她做了傻事。我扔下披薩，撲向她：

『妳幹嘛這樣做？妳幹嘛爲一個男人把自己搞成這樣？妳坐下妳坐下，我打電話叫救護車——』

我推著她到沙發上，忙著尋找電話。

我感覺到她在拉我，一下比一下重。我不得不回頭看她。

『你不要緊張，我沒有受傷，也沒有想不開。』

沒有受傷，那麼，爲什麼流這麼多血？

『我在調染料啦，這是我今天調配的染料，叫做「碎心紅」，你看，好不好看？』

我用力喘息著，仔細看著她。是的，那不是鮮血的顏色，也沒有鮮血的質感，對於鮮血我可是很熟悉的。

『是染料？』我再確認一次。

她點頭，然後問：『你來幹什麼？』

我長長吁了一口氣：『幫妳送披薩啊。』

『我沒叫披薩。』

『喂，拜託不要又來了。這次可是妳自己選的口味，不是海鮮百匯。』

『我眞的沒叫披薩啊。』

好吧。反正我有證據，我把披薩上面的地址秀給她看：綠色山莊D座17樓。17樓？什麼時候變成17樓了？我明明看見上面寫的11樓的啊。

『啊！』我慘叫一聲：『送錯了。』

『讓我看看這是什麼口味？』女人揭起盒蓋：『哇！有蘑菇耶，我的最愛。』

說時遲那時快，她已經取出一片送進嘴裡。我發出比剛才更慘烈的叫聲。

『妳幹嘛啊？又不是妳叫的。』

她津津有味的嚼著，含混不清的說：

『我爲了配那個「碎心紅」，從昨晚到現在，一點東西都沒吃，我快餓死了嘛！』

『那……17樓要怎麼辦？』從來沒想到好心救人竟會惹麻煩上身，難道我那天燒香不夠眞誠嗎？

『別擔心，我們想想辦法……啊，就說你的機車拋錨了，沒辦法發動，要去修車，請他們再做一個送去給17樓就好了。』

說眞的，愈來愈笨的我，實在也想不出更好的辦法。

電話是珊珊接的，我最不希望的就是碰見她。

『你把披薩送去哪裡了?天王星啊?人家打電話來催了啦。』

『我、我……』該死的口吃:『我的機車壞了……』

『機車怎麼樣?你還好吧?發生什麼事了?你是不是又跟人家相撞了?』珊珊果然出現歇斯底里的症狀。

『我很好。活蹦亂跳,只是機車有點狀況,你們再幫17樓送一個披薩啦,拜託一下。』

『你不會騙我吧?好好的機車怎麼忽然壞了?你如果出了什麼事,一定要告訴我,不然我要怎麼跟媽交代。你聽見沒有?』

在我不斷信誓旦旦的保證自己絕對安全之後,珊珊才忿忿然的掛斷電話。那一瞬間,我有一種愧疚感,上次的意外眞的帶給他們太大的打擊了。

『是女朋友喔?』女人笑嘻嘻的看著我。

『是我妹啦。好了,我該走了。』

『你在修機車呢,怎麼可能那麼快?陪我一起吃吧,反正我一個人也吃不完。』

我只好坐下來,和女人一起吃披薩,女人告訴我她的名字叫杜若,替服裝設計師染特殊的顏色,她還帶我去看她的工作室,許多染好的與待染的布,一疋疋的堆放著，一個染缸裡都是碎心紅的染料。牆壁的邊緣放著許多玻璃罐與大燒杯，裡面的色彩很繽紛。

『味道不太好聞，所以，我總要擺一大瓶的野薑花。』

其實，我聞不到染料的味道，也聞不到野薑花的味道。發生意外的時候，我正罹患重感冒，幾乎失去嗅覺。當我的身體被修補完成，嗅覺依然不知所蹤。有時候我想，或許就是因爲我失去了嗅覺，才與死神擦肩而過吧。

我看著杜若廳中一大束雪白的野薑花，努力回想著它的氣味，卻徒勞無功。

我也把大龍的事說給她聽，不想讓她誤以爲我是個辦事不牢的冒失鬼。

『我想，我不是那種會爲了感情尋短的人，因爲，我相信我所愛的男人，必然會回到我身邊。』

我又想起那個駕著跑車衝出綠色山莊的男人，他走得那麼迫不及待，義無反顧。他還會回來嗎？

『他回來過了？』我問。

『還沒有。他忙嘛。』

『那，如果，他一直都沒有回來呢？』

杜若怔了片刻，自言自語地說：

『我可以去找他啊，反正我們最後一定會在一起的。』

我張開嘴想說什麼，卻只是大大的咬了一口披薩，無味的咀嚼著。

執迷，也許就是某些人活下去的意義。

我總想起杜若，想到兩次相遇她截然不同的神態，第一次是個受情傷之苦的女子，第二次是沉浸在工作裡的快樂的孩子。我每次經過綠色山莊都想進去轉轉，甚至盼望能夠再見到她，只是，她還會記得我嗎？

過了幾天，珊珊替我請了半天假，讓我去醫院複診。我才走出披薩店不超過二十公尺，就遇見了杜若。

『阿源！嘿，眞的是你啊。你這樣穿很好看喔。』她從車子的駕駛座探出頭來：『要去哪裡？我帶你一程。』

她記得我的。我不知道自己爲什麼上了她的車，完全忘記要去醫院的事，一個小時之後，我們就到了海邊。夏日的海灘非常炎熱，杜若穿著很清涼的海灘裝，她好笑的看著我：『你可以脫掉上衣，我不會介意的。』

我搖搖頭，沒有說話。

『想不到你這麼保守，小心中暑囉。』

『我不是保守，只是……太難看了。』

我把自己去年發生重大車禍的事說給她聽，也把體內的鋼釘位置一一指給她看。她臉色凝重的注視著我，聽得非常專心。這是一件很奇怪的事，在醫院的時候，我的疼痛啦，恐懼啦，孤獨啦，都找不到人說。母親與珊珊都在我身邊，但我不想再增添她們的負擔了。同學們都來看我，他們努力的搞笑，希望可以讓我快樂一點，我也就從善如流的快樂著。

『最可怕的感覺是我變得好孤獨，好寂寞，晚上我睡著以後，就會看見病房裡好多人走來走去，有男有女，有大人和小孩，我猜想他們是已經死去的病人，來看看我什麼時候也會死去。但是我還不想死，爲了我媽和珊珊，我不可以死。』

『阿源。』杜若輕輕擁抱住我：『你很勇敢。』

我的身體起著劇烈的振動，在這種溫柔的撫慰下。忽然，就像個受盡委屈的小孩一樣，低抑地、沉痛地，哭起來。

那天黃昏，我在杜若的要求下，脫下了恤衫，露出自己的身體。身體上的那些傷疤，記錄著大大小小許多次的手術，身體一次次被切開，然後再縫合。這是醫生與死神的競技場。杜若的長睫毛顫動著，用眼光仔細的巡邏過我的身體，她說：

『這是……上天重新裁縫過的，一點也不醜。眞的。』

始終垂著頭的我，抬起頭來望向她，當她說了這句話，我的自憐與自卑忽然都消失了，我驀地感受到這個破碎又縫合的身體，充滿力量，無比莊嚴。這是一個被祝福的身體，可以感覺，可以愛。

杜若的手指輕輕觸在我凸起的疤痕上，這一個輕巧的碰觸，形成強烈的刺激，我抿住嘴防止自己呻吟出聲。

『還會痛嗎？』她的眼睛濕濕地，催眠一樣的問我。

催眠之下，我親吻了她的臉頰。

時間好像忽然凝固了，她一動也不動，我也不敢動。海潮聲充滿宇宙，喧嘩的沉默。

過了一會兒，她笑著起身，拍拍身上的沙子：

『時候不早了，該回去囉。』她說得若無其事。

那些沙子從她身上飄撒而下，紛紛地吹了我一臉一身。絲絲細微的疼痛感。

我覺得好像該向她說聲抱歉或是什麼的，卻又不知道該怎麼說，我的親吻並不是冒犯，而是一種感激。她載我到家，我下車，與她揮別，看著車子消失在街頭，久久地，我站著發獃，湧起如此清晰的失落感。

那是一種什麼樣的氣味呢？

我嗅不到她。當我靠近她的時候，當我親吻她的時候，我都嗅不到她。

從此之後，我總是密切注意著外送單，只要有綠色山莊的外送，都不放過。杜若沒有再叫過披薩，我每次送完披薩，就騎著車把山莊繞個好幾遍，也許會忽然遇見她，那麼，我只要和她打個招呼就好，只要知道她過得好就好。我在店裡專情的吃著菲力黑椒蘑菇，別種口味的一點興趣也沒有。

阿畢像個偵探似的研究我：『我看你是中了綠色山莊的蠱了吧？嘿！有問題喔。』

我根本不想理他，珊珊探照燈似的眼睛不知道已經瞄了我幾天了。他們都看出我的不同，我想，我是有些不同。我從來沒有如此迫切的想要看見某個人，哪怕只是她的背影也好。我不打算告訴任何人，那種孤寂感又浮現了，這一次，我因爲懷抱著一個愛戀的秘密，充滿喜悅。我彷彿認識到另一個世界，更深沉也更溫存的世界。

十天之後，杜若來店裡找我，她一推開門，我就知道有事發生了。我向店長請了半天假，拉著杜若往外走，完全不理會珊珊詢問的眼光。

我們共騎一輛機車，往山裡去。才到半途便閃電打雷下起傾盆大雨，還好，我們在一幢廢棄的空屋裡暫時棲身。

『眞不好意思，把你拉出來，你還在上班呢。』杜若往牆角靠了靠。

『沒關係的。』我說。我要怎樣才能說得清?我等著見到她已經等了這麼久，思念和渴望，使我變成一顆隨時引爆的炸彈，岌岌可危。

『我和他分手了。』她環抱住手臂，直視前方，輕輕地說。

閃電帶著一聲雷，好響亮。

『嘩!石破天驚啊!』我說。

杜若笑起來，緊繃的氣氛忽然輕鬆了。

我走到她旁邊，挨著她站著：

『發生什麼事了?』

『我二十歲就跟他在一起，已經八年了，除了他再沒有過別人，可是他總是追求自由，生活上的自由，就是不和我結婚，感情上的自由，就是滿天下的紅粉知己。我們爲這些事不知道吵過多少回，現在可好了，他決定去澳洲發展，下個月就走了，竟然到今天才通知我。我明白了，他不只是要去澳洲，他也想和我一刀兩斷。我忽然覺得，好灰心，這麼多年都在做什麼呢？』

『八年……』我喃喃地：『眞的好久啊。』

『是啊，久得足以讓所有美好的事物都腐壞了。』

『你們談過……確定要分手了？』

『他也許早就想分了吧，只是等我開口。好啦，我開口了，還他自由。』

『爲什麼，妳……』我深吸一口氣：『會來找我談？』

『可能是因爲，嗯……』杜若大概被我的問題嚇了一跳，她努力的字斟句酌：『我想，你經歷過那樣重大的事，所以，對很多事都很能理解吧。其實，很多朋友都勸過我離開他，我都沒理會。現在我還不想讓朋友知道，所以，我就想到你。』

『我以爲妳想告訴我，我有機會了。』我說著，望向她的側臉。

她的臉上起著很複雜的變化，過了一會兒才說：『等你回到學校，機會一大把。』

我自嘲地笑了笑：

『等我回到學校，也許會更寂寞。』

『寂寞的時候，你可以來找我，我們是朋友吧？』

『當然是，我們是患難之交。』我儘量說得很輕鬆，心中卻很惆悵，爲什麼她只願意當我的朋友？

『雨停了耶。』杜若走到屋外，張開雙臂：『嗯，下過雨的山裡空氣好新鮮。』

我站在她身後，抑制著想攬抱她並且親吻的欲念，像個雕像似的挺立著。

『阿源，你有沒有聞到？』

『什麼？』

『野薑花啊，我最愛的野薑花，好香啊。附近一定有野薑花，我們偷偷摘一點帶回去，好不好？』

我在山谷裡看見一叢叢野薑花，毫不猶豫的往下走去。

『阿源，你小心點！』杜若在後面叫著。

她的叮嚀與珊珊的就是不一樣，知道她爲我擔憂，感覺是甜蜜的，知道她正注視著我的背影，我的背部便燎燒起來。

山谷裡淺淺的水澤，雨後更潮濕了，我嗅不到野薑花的氣味，卻可以想像它們是何等放肆野冽，用香氣席捲了整座山谷。就像杜若用她特有的聲音與情態，席捲了整個的我。

我挑選了好幾株含苞待放的野薑花，杜若帶回家之後，還可以維持一段時間，當她調配出一種新的染料，身心俱疲的時候，野薑花正好盛開，輕輕的用香氣環抱著她，必然會令她感到愉悅幸福的。

捧著一束野薑花往回走，我的全身忽然起著一種酥麻的癢，就像是那些傷口即將癒合時的難以忍受的煎熬，難道我渾身的傷口都迸裂了嗎？我強忍著，將花遞給杜若。

『謝謝！』杜若很快樂的接過來，她看著花蹙眉頭：『好多螞蟻。』

她的眼光轉向我，睜大眼睛非常驚恐的樣子：

『我的天！阿源，你的身上全是螞蟻——』

原來我在採花的時候，大黑螞蟻從花上爬到我的身上，牠們的爬行造成了這種可怕的癢。杜若扔下花，我們拍拍打打，將身上的螞蟻清除掉。

『我還以爲妳拒絕了我，我就裂開了，原來是螞蟻……』我開玩笑的說。

『都是我不好，一定難受死了。』杜若的眼睛濕亮亮的，眞要命。

『這算不了什麼的，我願意爲妳做任何事，妳知道的，我是眞的眞的……』

喜歡妳。這三個字被她吃掉了。

杜若的嘴唇覆在我的唇上，非常柔軟的，難以形容的觸感，我在暈眩中努力站立，我應該將嘴張開嗎？我應該擁抱住她嗎？她吻了我是不是表示她接受我了？天啊，她在親吻我。

在我還沒決定下一步要怎麼做之前，她的唇離開我的，嘆息般的說：『我們回去吧。』

回程的路上，我們什麼話都沒有說。杜若在後座環抱著我的腰，她的臉貼著我的背，我沒有證實，卻感覺到她在前進的速度裡流淚。是爲了那段八年的愛戀？還是爲了我這個不顧一切的少年？

一個禮拜之後，我遠遠離開披薩店，離開了綠色山莊，到了表姐阿如的山中民宿去當服務生了。如果不離開，我怕自己會崩潰，那天的野薑花事件也許就是一個徵兆，我願意爲她做任何事，她卻讓我嘗到碎裂的痛楚。

表姐夫到大陸去，不放心表姐和小孩，特地拜託我去幫忙。行李是珊珊替我收拾的，她說山上對我比較好，空氣新鮮，換個環境，一切都會過去的。我忽然發覺珊珊一直都是知道的，她只是不拆穿，但她都懂。她知道我發生了什麼事，她知道我曾陷入怎樣的狂喜，現在又有多麼無助。

臨走的時候，我回身抱住珊珊，她好像嚇了一跳，拍拍我的背，像個小母親似的：『沒事的……沒事了。』

我對她說：『謝謝。』原來我並不是眞的那麼孤寂的。

表姐看見我很興奮：『壯丁！壯丁！有你在土匪來都不怕了。』

『是啊！我最會撞車，撞了還不死！』我自我調侃地。

我看了民宿木屋裡的八個房間，全是空的，又上網去更新了網頁資料，建議表姐在暑假期間推出特惠專案，比方兩人住宿一人免費啦，全家同行孩童免費加床啦，表姐全交給我負責，她有些消沉地：『這種時候誰會上山來？山路不好走，標示又不清楚，有時候連我都會迷路。』

『山上這麼美，改天我拍幾張數位照片，傳上網，一定會有人來的啦！安啦。』

半夜一點多，表姐看見我還掛在網上，她走來問我：『睡不著喔？』

『還不想睡。吵到妳啦？』

『沒啦，我是……我聽說，你，失戀囉。還好吧？』

我笑了笑：『我是壯丁！這種事算得了什麼？』

『聽你這樣說，我就放心了啦。早點睡啦，不然身體會搞壞。』

表姐離開之後，我熄了燈，走到門外的廊簷下，席地而坐，滿天星光異常閃耀，在城市裡不管多富有的人，都看不見這樣的星光。我應該覺得自己很富有的，卻感到空虛憂傷。

因爲我的愛戀，終究沒能讓杜若接受。

就在我們上山的第三天，我約她去看電影，她告訴我她不能去。

『我男朋友在這裡。』

『妳說什麼？你們不是已經分手了嗎？搞什麼？』

『他仔細想清楚了，我們在一起那麼多年，誰也離不開誰了，我想，我會和他一起去澳洲吧。』

『那……那我怎麼辦？』

『很抱歉。阿源，我不想傷害你的……』

『我要見妳。我要見妳——』

我的狂熱可能嚇到了杜若，她有些惶然：『現在不行，過幾天吧，現在太混亂了，過幾天我會和你見面的。』

『我到底算什麼？』我的胸腔快要爆裂開來：『我只是個替身，妳從來沒有對我認眞過，對不對？』

我掛上電話，我不想等待她過幾天和我見面，我知道一切都不可能了，她說過她終究要和她愛的男人在一起的，她果然達成願望了，我又算什麼呢？我只是一個朋友，只是朋友。其實我並不怨她，只是無法留在披薩店裡，我發獃的時候愈來愈多，所幸表姐的民宿收留了我。我相信自己會慢慢好起來的，就像被貨車撞翻了飛出去的那一刻，我以爲必然逃不過了，卻還是漸漸痊癒。

星光下的我的身體，淺淺的藍，就像是被染色了。杜若的神奇的手指輕輕碰觸我的那一刻，是不是便將我的生命染上了顏色，專屬於她的顏色，不管到哪裡去，都標示著對她的想念。

新的資料傳上網頁之後，打電話來詢問的人愈來愈多，九月裡訂房率已經有六成了，十月和十一月也有了三、四成，還沒到中秋，表姐的臉已經像月餅一樣圓。只是農曆七月依舊門可羅雀，我趁著這個空檔，把木屋好好粉刷油漆一下，累到腰痠背痛，便早早上床，也矯正了我的睡眠時間，我想，這樣開學就不會那麼辛苦了。

那天我不到九點就上了床，才貼著枕頭，立即沉沉睡去。不知道睡了多久，忽然被人搖醒。

『好可怕！阿源，你快點去看看啊！』

我看見披頭散髮的表姐站在我的床前，才眞是可怕呢。

『什麼事？』

表姐說快要十一點了，電話一直響，接起來又沒人講話，已經鬧了幾次，現在更恐怖，有個女鬼，在門外一直敲門。

『女鬼？』農曆七月還沒過去嗎？

表姐說這是最後一天，她說的時候一邊打哆嗦，我的汗毛也跟著豎起來。一般來說不可能有人這時候來投宿的，除非眞的是……

『我去，去看看吧。』有什麼辦法呢？誰教我是壯丁？

我隨意披件襯衫，表姐塞了一根高爾夫球桿到我手裡，我們像連體嬰一樣的往前面櫃台走去，咚咚的敲門聲果然響起。

『又來了。你聽見了吧？』表姐抓住我的手臂，她的指甲嵌進我的肉，啊，我輕輕叫起來。

『怎麼了怎麼了？』

『痛啊。』我拔起她的指甲。

我們同時看見門外站著一個穿著白衣裳的女人，她沒有臉，黑色的長髮披垂下來，就像那些鬼片裡面女鬼的造型。

『啊——』表姐的尖叫聲幾乎讓屋頂都掀起來。

我也張大嘴準備吼叫，女人忽然轉過頭來，啊——

杜若？

我看見杜若倉皇失措的臉，原來，我們剛才看到的是她的背影。她大概也被我們的驚聲尖叫嚇壞了。

『是我的朋友啦！』我衝去開門。

『夭壽ㄟ，半夜裡穿白衣服是會嚇死人咧。』表姐一邊嘀咕一邊將所有的燈都開亮。

『妳怎麼來了？』我掩不住看見她的興奮。

『你妹妹告訴我你在這裡，可是地址她也說不清。我中午就出發了，一直迷路，東轉西轉到現在，我打過電話來也沒接通……』

『電話都是妳打的喔？我們山上手機都不靈光啦，害我們嚇得要死。』表姐還在抱怨。

我請她去整理一個房間，給杜若過夜，廳裡便只剩下我們兩個人了。杜若看起來很疲憊，如果她一直沒找到我，要怎麼辦呢？

『要來爲什麼不告訴我？』

『我不知道你想不想看見我？』

『怎麼會不想？』我說了之後，又覺得自己說得太多：『妳還沒吃東西吧？』

她點點頭：『起先很餓，後來怕到都不知道餓了。』

我爲她簡單的做了一個青椒牛肉炒飯，煮了一盅蘑菇湯，看著她吃，她眞是餓了，把飯和湯都吃得乾乾淨淨，心滿意足的表情。

『想不到你手藝這麼好。』

『我的手藝啊，我的心意啊，都想奉獻給妳，是妳不想要的嘛。』我像小孩子似的說。

『下個月，我就去澳洲了。』

原來，她是來向我道別的。

『我想也是。那是妳想要的男人，妳終於可以擁有他了，這是一件好事。』

『阿源。』她很認眞的盯著我：『你不是替身，絕對不是。我喜歡和你在一起的感覺，很輕鬆，很愉快，你願意爲我做很多事，都是他從來沒爲我做過的。我想過，如果你比他先出現，就一定是你了。可是……』

我苦苦的笑了，從我第一次出現在她面前，她就問我『你爲什麼不早點來？』

也許，我和她注定只能錯過。

『我太年輕了。』我想，就因爲我年輕，錯過了太多。

『我遇見他的時候，比你現在還年輕，這麼多年過去了，很多感情已經根深蒂固了，眞的不是說放就能放的。可是，你的出現對我很重要，就像是……那些野薑花，那麼美，那麼香。』

『野薑花，很快就凋謝了。』

『可是，你聞過它的味道，永遠都忘不掉。』

對於一個失去嗅覺的人來說，這不是一個好的安慰。

我送她到房間，告訴她房裡有毛巾牙刷和熱水，她的手指圈住我的手指，使我的話語停止。我看著她，她的頭微微傾斜著，長髮柔媚的垂在肩上，她的眼睛漾著奇異的光，似星辰，似水波，我的心臟陡然一震。她的雙頰緋紅，輕聲如夢囈地：

『你可以留在這裡……陪我。』

我聽見自己喉頭滾動的聲響，她不只是來道別的，她要送我一個珍貴的禮物，一個永恆的紀念。我忽然好想哭。

許多感覺劇烈的撞擊著我，使我幾乎承受不了。

我將她涼涼的手指湊到唇邊，很溫柔的吻遍每一根，我捉住她的兩隻手，緊緊的捉住，對她說：

『我想要的不是一個夜晚，是一輩子。我不會用一個夜晚來交換一輩子，妳要記住，我會等妳，不是一夜，是一輩子。』

我轉身走開，沒有聽見杜若關上門的聲音，我硬撐著，沒有回頭。

我眞怕自己會改變主意，所以囑咐表姐招呼杜若，我便到山裡去找兔子愛吃的草葉了，表姐的兩個小鬼養了一窩兔子，我答應他們要去找草葉的。在山徑的另一頭，我看見杜若向我走來，她的白色裙襬掃過山徑，一路的野薑花便出現了，彷彿是從她的裙襬裡開出來的。我先前竟沒留意到這麼多野薑花。

『早啊。睡得還好嗎？』我問她。

『我要下山了。』她說著遞給我一包東西：『送給你的。』

我拆開來，是一床百衲被，用各種顏色的布拼湊而成的。

『我認得……』我指著鮮豔欲滴的紅色：『這是「碎心紅」。』

『這是認識你的這段日子配出來的幾種顏色，我把它們拼成一張涼被，以前人認爲百衲被能使小孩平安長大，什麼都不懼怕。』

我把被子貼在胸前，洶洶地感受到別離的不捨與感傷。

『我沒有什麼東西可以送妳……』

『你送過我了，很特別的禮物。你要好好過生活，答應我？』

我點頭，除了點頭，不知道還能說什麼。我看見杜若眼裡浮起的淚光，她點點頭，轉身離開了。我站著，看她一步一步遠去，我把涼被緊壓在胸口，好像是個綳帶。我站著，用力呼吸，讓肺部完全打開，忽然，我感覺像是被什麼東西襲擊了，緩緩包圍了，滲透全身。野薑花，是野薑花，野薑花的肆無忌憚的香氣，像一柄利劍，將我劈開。我可以嗅聞，我的嗅覺恢復了。

我跑到更高的地方，可以俯瞰停車場，杜若正走到車邊，我大聲喚她。

她尋聲看見高處的我。我想告訴她，我的嗅覺恢復了，我可以聞到味道了，可是我想到，我從沒告訴過她，失去嗅覺的這件事。

『妳一定要幸福！』我對她喊著，也對著整個宇宙喊：『如果他不能給妳幸福，我會給妳幸福！』

她對我揮揮手，開著車子離去。

野薑花很快就凋謝了。

可是，你聞過它的味道，永遠都忘不掉。

我一個人留在山上，久久不願離開。野薑花的氣味，蕨類孢子的氣味，相思木的氣味，月桃花的氣味，山泉流過青苔的氣味，折斷的樹枝的氣味，知了蛻殼的氣味，飛鳥振動毛羽的氣味，這麼多這麼豐富的氣味，如同壯觀的交響樂。我在氣味中微微顫慄，像是第一次的嗅聞，宛若新生。

流放的玫瑰

七層樓的一到六樓都是水泥外牆，
灰撲撲的顏色，有幾戶看起來像是閒置已久，
窗上的玻璃已經碎裂，如同被女巫施了沉睡符咒的城堡。

她睡得很熟。

但，可能也不是那麼熟，因爲她感覺到涼涼的絲綢拂過皮膚表層，輕巧而緩慢地，彷彿在試探她的神經可以承受的程度，於是，她在一種極致的邊緣甦醒。翻身坐起來，只有孩童才能有這樣迅捷的身體速度，她發現自己正是一個小女孩。

深夜的房間裡沒有開燈，四周卻塗滿了詭秘的燦藍色星光，連她的白色連身洋裝上也是。她的母親，年輕時代的母親，將長髮用皮繩隨意綰起來，穿著一件長裙，正赤著腳走過她身邊。

『媽。』小女孩的她仰起臉：『妳在幹什麼？』

母親已經走到窗邊，一邊推開窗，一邊喜悅地轉頭對她說：『看！玫瑰花都開了。』

她下了床，走到母親身邊，冰冰涼涼的絲綢觸感飄拂而來。她知道窗外就是小花台，種植了許多玫瑰，她走到窗邊，探頭一看，一條黑色的、波濤洶湧的河水漲起來，發出巨大的憤怒的呼嘯，下一秒就能把她吞噬。她驚駭大叫，再次甦醒過來。這一次，她醒在窗邊。樓下的溪水溫柔的淌流著，溪上的鐵橋也安份的守護著，半夜兩點十七分。

這是第七天。

她忽然醒悟。兩點十七分，聽說，母親就是在這個時候。

拉開冰箱，覺得無可抑止的狂餓，忽然餓到渾身顫抖。取出半條吐司，一盒植物軟奶油，一粒蛋和一包糖，這些東西都是她前兩天買回來的。她把房裡所有的燈都打開，開得通亮，這是她很陌生的一幢房子，總覺得還有什麼東西沒看清楚。她點燃瓦斯，爲自己做法國吐司，如果還能有一罐鮮奶，就太完美了。

『這到底是爲什麼呢？』咀嚼著法國吐司的時候，她聽見有人說話，過了一會兒才確定，原來是自言自語。

可是，她眞的很想知道，到底是爲了什麼。

父親去機場接她，與她聊著在日本的生活，又說著自己在大陸的發展，甚至還談起那兩個她從未謀面的弟弟和妹妹，就是不談母親，好像什麼事都沒發生，這只是她尋常的一個暑假。

後來，是她忍不住了，她問父親：『媽知道你在台灣嗎？』

『這一次我和她見過面，她看起來精神挺好，似乎更年輕一些，眞的沒想到……』

她緊緊握住安全帶，身子往前傾，像一個占卜師的篤定：『我就知道，我就知道她都安排好了，你在台灣，所以你就可以通知我。』

『妳說什麼呢？醒兒，我不明白。』

『爲什麼？』她的體內彷彿裂開來的痛楚：『她爲什麼要這麼做？她才只有四十五歲啊。』

『她有病啊。孩子……』

『沒有！她沒有病！你們都被她騙了，她從來都沒有病！』她尖銳的喊叫出聲。

父親的臉一瞬間垮下來，突然又老了幾歲。

母親有病，母親的精神有毛病，這已經是許多年來大家約定了的共識，這個判斷也替許多事情找到了合理的解釋，於是人人都可以安居樂業了。地球也可以繼續無礙的運轉了。

在寂靜的車子裡，明明只有父親和她兩個人，卻顯得這麼擁擠，許多往事爬上車又滾下去，她還記得總是穿著白色洋裝的小小的自己，整個人趴在地上從門縫裡偷聽激烈的爭吵聲；她記得母親把衣櫃打開，將父親買給她的所有美麗衣裳全部剪成碎片，父親指著母親罵：『瘋子！妳眞的是瘋子！』她記得外婆將她從慘白的醫院帶走，她們坐火車去到四合院，然後母親把她從外婆身邊搶走，大聲喊著：『不要碰我的孩子！不准妳碰她！』外婆哭著求：『妳不要發瘋好不好？』

『醒兒，妳聽我說……』父親的雙頰鬆弛下來，用著悲憫的語調說：『我知道妳很難過，雖然，我和妳媽媽分開這麼久，雖然，我也有了另外一個家庭，可是，妳知道，我，我也是，我其實……』

『我知道了。』她蓄意的、理性的、不帶絲毫情感地，打斷了父親。

就讓對話在這裡終止。

對話其實早就已經終止了。

過幾天父親又會回到大陸去，回去他的家庭，那裡有他的妻子和兒女在等候他，他已經六十歲了，看起來卻充滿興味盎然的生命力。

只有二十三歲的她，參加過母親的告別式之後，卻像個遊魂似的到處晃。她將長髮剪短，染成夕陽的顏色，這樣就在美髮沙龍裡坐了一整個下午。

買了一些保養染後頭髮的產品，她到咖啡店買杯熱拿鐵，店員很興奮的與她搭訕：

『妳也用這個牌子喔？我跟妳說，他們家有出一種保養手和腳的乳液，眞的超好用喔。』

她怔怔地，答不上話，有點不明白，店員說的這件事與她有什麼關連？她只想保養頭髮，並沒想要保養手和腳。僵硬的對峙了一會兒之後，她順利的取得了熱拿鐵，急急地奔回這幢房子，她才覺得安全。

母親還在的時候，她從沒感覺安全。母親離開以後，她卻在母親留給她的這幢屋子裡，感到安全。

吃完吐司，她的眼皮倦澁了，爬上床去，蓋住溫暖的薄毯子。母親不喜歡被子，卻偏愛羊毛質材的毯子，她翻個身，看見坐在餐桌邊緣的母親，一隻腿架在椅子的扶手上，凝望著她。

母親一直是個很美麗的女人，看起來甚至比同年齡的女人都年輕。

她與母親對望著，母親輕輕搖晃頭頸，接著劇烈扭擺，喘息著，扯開衣裳，露出肩膀，眼裡有癲狂的光，踢著腿，掙著腰，像是被什麼東西緊緊綁住，必須極力掙脫。她注視著，一點也不覺得駭怕，因爲這一幕，她是見過的，這就是母親的瘋狂練習。過一會兒，母親的力氣用完了，舒出一口長長的氣息，積萎地垂下頭，顯出柔弱而慚愧的樣子，恢復成一個不快樂的優雅女人。

『妳就是不行，對不對？』她對母親說：『妳想瘋，可是偏偏瘋不了。』

母親對她微笑，說：『看著我的玫瑰，它們快開花了。』

『沒有比玫瑰更重要的事嗎？我難道不重要嗎？妳沒有什麼對我說的話嗎？一句也沒有？妳知不知道，妳丟下我，我就只剩孤伶伶的一個人了……』

她用毛毯遮住臉，防止自己掉眼淚：『妳早就不要我了，早就把我驅逐了，可是，我一直以為我們還會有機會的，我以為如果我好一點，妳就會愛我多一點，現在，妳連一點機會也不給我了。』

母親沒有回應。久久，她把毛毯放下來，窗邊潑進淺藍色的天光。

她看見玫瑰莖已伸出窗台，這是她住進來之後頭一次發現的生命。

沒有人灌溉的玫瑰，是怎麼生長的呢？

醒兒開始懷疑，母親從來也沒有離開過。

醒兒站在對街，看著花店的鐵門拉開來，紀阿姨忙進忙出的，為經過的主婦挑選花材，有幾個男學生探頭探腦，推推擠擠，可能是想買花送給女生，卻又覺得渾身彆扭。有個女人，牽了個小女孩，從花店門口走過，女孩的頭轉向花店前的繁花，看不見她的臉，醒兒卻覺得好熟悉，因爲小女孩穿了一件連身的白色洋裝。

『小女孩爲什麼都穿著白色的衣服？』

『因爲，她受傷了。』

在日本的時候，她爲了長期失眠去找過心理諮詢師，在諮詢過程中她畫了幾幅畫，畫中瘦瘦小小的女孩，或站在門前；或站在樓梯上；或站在花園中，恆長是穿著白色連身洋裝的，這也是小時候母親給她的裝扮。然後，心理師與她有了這樣的對話。她太久未曾入睡了，渾身炙熱緊繃，腦袋暈暈的，完全不能思考，『她受傷了。』這句話就忽然衝口而出。

心理師停住筆，抬起頭注視著她，謹愼地問：

『她是怎麼受傷的？』

醒兒的缺口迅速彌補起來，她挺起身子坐好，抱歉的告訴心理師說自己的日文還不太熟練，她要說的並不是受傷，而是憂傷。那麼，爲什麼憂傷呢？可能是因爲孤獨的緣故吧，她抱住自己的手臂，對心理師說，從小我都很希望有個弟弟、妹妹，或者是小狗小貓什麼的，可以做個伴，但是，都沒有，什麼都沒有。

『小時候，我養過螞蟻呢。眞的。』她顯出樂觀的樣子，邊笑邊說。

其實，她說出來的是心底眞正的感受。她受傷了。

很小很小的時候，母親或許是愛過她的吧。只是，自有記憶以來，母親就是不快樂的，對她的感情也很疏離。母親牽著她送她去學校，好久之後她才意識到，沒有，母親並沒有牽她，而是她緊緊地、依戀地握著母親的手。母親的手指一點也沒有彎曲，只是任她握著，如果她不握住母親，她們看起來就像不相干的兩個人。

到底有什麼人或事，是母親眞正在意的呢？

母親在意她是否弄污了白色的洋裝，她和別的小孩一起遊戲，黃土地上的灰塵掩住雪白的光澤，母親就會生氣。

『爲什麼這麼不愛乾淨？妳是一個女孩子，弄得髒兮兮的像什麼樣子？』

母親一路數落一路在院子裡撢她身上的塵灰，雞毛撢子一下一下彈在裙上再揚起，雖然不是在打她，她卻非常緊張，聽著雞毛撢子掠過空氣的呼嘯聲，岌岌可危的恐怖感覺，令她想要掙脫。母親忽然停住手：

『妳就是自甘墮落對不對？好，妳給我站在院子裡，等到灰塵全掉光了再進來。』

她罰了幾個小時的站，直到父親回家才解救她，然後便是父親和母親的爭吵，關於管教小孩的觀念與方法等等。

都是醒兒不乖。她向母親認錯，我以後不會把衣服弄髒的。

爲什麼別的女生都可以穿花洋裝或者是其他顏色的衣服？爲什麼我只能穿白色的？她好幾次都想問，卻不敢問。母親太脆弱了，她很小的時候就意識到。母親的美和脆弱，是她同時間強烈感受到的。

可是，她那麼小心翼翼卻還是把衣服弄髒了。下過雨的午後，她避開孩子們最愛踩踏的水窪，選擇乾燥的地方走，不知從哪裡飆來一輛機車，飛快駛過，濺起一縷泥水，淋在她的裙子上。已經就快要回到家了；已經這麼這麼小心了……她忍不住失聲哭起來，蹲在地上，把臉埋在裙子裡，埋在泥漬裡，痛快的發洩。

可能是同伴去通知了母親，她感到肩膀尖銳的疼痛，母親將她撈起來，拖回家去，在院子裡便脫光她全部的衣服，打一盆冷水，兜頭澆下，錯愕與寒冷使她突然噤聲，那只是剛剛放完春假的四月天。

她聽見母親恨恨的說：

『妳是故意的。』

一邊說著一邊動手用海綿使勁的搓洗她的身體，好像要把一層皮搓下來才能洩恨。她把急欲出口的爭辯嚥了回去，只是看著母親頸上僨起的筋脈，母親停住動作，用奇異的眼光看著她。

『妳在想什麼？』母親舉起鏡子對著她：『妳看看妳自己！妳看看！』

鏡子裡的她，臉上幾抹泥漿留下的痕跡，將乾未乾，眞的很狼狽。可是，她忽然覺得這個樣子才是她眞正的樣子，如果可以選擇的話，她願意是這樣的。

『我到底還要怎麼做呢？』海綿落進盆子裡，雪白的泡泡散逸開來，母親無能爲力的坐下：『我只是想要讓妳恢復以前乾乾淨淨的樣子。妳不是生下來就這麼骯髒的，妳也不應該這麼髒，我就是要讓妳保持乾乾淨淨的樣子，別讓人家笑妳，妳要挺起胸膛來做人……妳沒有錯，不是妳的錯，可是妳不應該這樣自甘墮落……』

醒兒忽然感覺到涼颼颼地，她覺得母親根本不是在和她說話。

那天晚上她一直睡不著，渾身皮膚被洗刷得紅通通的，炙熱緊繃。從那以後，她只要失眠就覺得全身不舒服。

母親沒有打過她，一次也沒有，只是不斷的懲罰她。而她不知道錯在哪裡，於是傷痕累累。

父親呢？做海員的父親常是缺席的，她和母親一樣，學會不盼望。

國中那一年，她在課堂上忽然腹痛如絞，覺得快要死去了。國文老師帶她到保健室去，和護士小姐一起教她使用衛生棉的方式，然後，女老師拍拍她的膝蓋，喜悅地對她說：『醒兒變成小女人囉，以後會愈來愈漂亮了。恭喜妳。』

她一直記得初經來臨的那個月。

國文老師牽著她的手，緩慢的將她帶到保健室去的那五分鐘，使她認識到牽著與被牽著的不同，老師是溫柔的牽著她的；母親卻不是。

也是那個月，母親簽下了離婚協議書，和父親離婚了。

兩個月之後，母親將她送到了日本去唸書，住在母親的好友紀阿姨家裡。

就在她剛開始起疑動念，認爲母親並不愛她的時候，母親對她的驅逐便印證了一切。

婚姻破裂之後，家庭關係也終結了。

她在日本適應良好，學院畢業後，開始從事設計工作，在一間專門設計訂做椅子的工作室裡，從助理開始做起，閒暇時候客串模特兒走秀。談過兩次戀愛，與其中一個男模特兒同居了半年多，二十二歲生日，她對那個情人說：『我媽媽二十二歲已經生下我了。』

情人閉起眼睛吻她每一根手指頭，吟唱著：『嫁給我吧，嫁給我吧，嫁給我吧……』

醒兒笑著，卻知道自己不會嫁給他，因爲她並不那麼愛他，她無法愛世上任何一個人，因爲她的母親不愛她。

與情人分手時，她打造一把椅子送給他。那麼高挺俊帥的男人，坐在椅子上，哭得像個小孩，央求著不要分手。

『妳怎麼可以這麼殘忍？妳是世界上最無情的女人。』

醒兒揉著他染成麥穗色的頭髮，輕輕嘆了口氣，心裡想著：『你還沒見過我媽。』

花店的門忽然打開，醒兒看見母親走出來，穿著深藍色圍裙，衣袋裡插著一朵袖珍玫瑰，一身香氣的走到她面前，就像上次她們見面的樣子。

『我知道妳會來。』母親伸出手：『進來看看吧。』

母親溫暖軟潤的手掌覆住她的，並且厚實的緊緊握住的時候，她便從臆想中醒來，這不是母親，母親不會這樣牽住她的。

是紀阿姨。她像初初學會行走的幼兒那樣，任由紀阿姨帶著往前走。

『上個月，妳的作品展，我本來想去參觀的。』紀阿姨在店門口說。

『沒關係，那麼遠，而且，不是我的個展，只是聯展，很多人一起展的。』話雖如此，她卻順利賣掉了那張鍛鐵燒製的精巧的椅子，她將椅子取名爲『枯花』，是她截至目前爲止最滿意的作品。

『妳做得很漂亮。』

這就是紀阿姨的性情，永遠是妥妥貼貼的。醒兒想，哪怕她根本不知道我做的是方的還是圓的？

『妳和妳母親眞是愈來愈像了。』紀阿姨打量著她：『我頭一次見到妳母親，也是這個樣子，好像迷路了，一模一樣的。』

紀阿姨的眼眶忽然潤濕了，她抽出一張面紙，覆上雙眼。

醒兒安靜的等待著她，不禁想到前一夜自己也曾用毯子遮住眼睛，可是，她發現雙眼乾乾的，一滴淚也沒有流下。看起來，紀阿姨的哀傷，比她這個女兒還要深重。

紀阿姨倒了一杯玫瑰茶給醒兒：

『這是妳母親最愛喝的，有時候，我覺得她隨時會推開門走進來的，她只是去買花材了，或者是去送花了。』

『是啊，她最愛的就是玫瑰。』

『妳住在那裡，還習慣嗎？』

『我想，我只是暫時住些日子，還要回去日本的。』

『喔，是這樣啊。』紀阿姨看起來有些落寞。

『阿姨店裡如果缺人手，我在的時候隨時可以過來幫幫忙的。』

『我只是在想，妳母親一定希望妳會喜歡那個房子的，她花了好多時間去找，找到之後又整修，而且，其實，她是用妳的名字買的。』

『爲什麼？』醒兒覺得了不知從何而來的憤怒：『她爲什麼這麼做？她甚至都沒告訴我。』

『她只是，她只是想著有一天，她的病好了的時候，妳們母女兩個人就可以住在一起了。妳也要體諒一下她的心情，當年，她把妳送去日本，是不得已的，她覺得自己沒辦法好好照顧妳，又找不到人照顧妳，所以才……』

『我可以去外公外婆家啊。她不一定要把我送去那麼遠的地方，像是一個孤兒似的……』醒兒的激動漸漸平息下來：『還好，我還是長大了，一切都過去了，反正，也沒什麼差別。』

紀阿姨望著她，再說不出什麼話。

花店的門開了，剛剛擠成一團的男生鼓足勇氣擠進來，七嘴八舌的問著幾朵玫瑰代表什麼花語，紀阿姨忙著應付，醒兒示意要離開了。走到花店門口，正想著接下來該往哪裡去，紀阿姨忽然拉住她：

『有把椅子，是妳母親的，前兩天才寄到，改天妳來拿回去吧。』

『什麼椅子？』

紀阿姨教她自己到後面去看，那裡有一間小小的儲藏室，一大堆包裝紙和瓦楞紙盒堆放著，找到電燈開關，開了燈，她看見一個長形紙盒，豎立著，盒子已經拆開一半了，她的心跳忽然停了片刻。這個紙盒，她很熟悉，是她親手包裝的，一條一條膠帶黏了又黏，然後，珍貴的交給工作室去運送的。爲什麼會在這裡？不應該會在這裡的啊。她張大嘴呼吸，伸出手撥開盒子，那柄黑得發亮的鍛鐵椅背，躍然而出，像一盆冷水兜頭淋下，這是她的『枯花』。

她轉身拔腿狂奔，好像那張椅子會跳起來咬人的樣子，她頭也不回的逃出花店。

醒兒買了一輛腳踏車，展開小鎮上的旅遊，這個東部的靠海市鎮，是她很陌生的領域，也是母親最後選擇的地方。

她有時徹夜未眠，便騎著車到海邊看日出，然後再回家睡覺；又或者是在睡醒之後，騎著車到小漁港等著漁船返航，買一些鮮活的海鮮回家料理。

那把椅子已經拿回家了，放在角落裡，她攤開圖紙，繪畫了許多的設計圖。她拿一杯咖啡，面對窗戶坐著，坐在『枯花』上面，等著天黑。父親已經回到大陸去了，走之前曾經問她，『要不要回家去看看？』她覺得詫異，離開台灣那年，她已經沒有家了，不是嗎？家，這種東西，可不是說有就能有的。

她並沒有特別照顧玫瑰，只是在睡前和醒後，給它們澆一些水。奇怪的是，玫瑰長得特別粗壯，已經開始結苞了，像黃豆一般大小，她就發現了，難以掩抑興奮的心情，這些玫瑰會開出什麼顏色的花呢？就像是懷孕的女人，忍不住想知道胎兒的性別。

第一朵玫瑰花綻放開來的那天，她遇見了童子恆。

『原來是這樣鮮豔的紅色玫瑰。』她起床後在窗台邊站了一會兒。

從窗戶看出去，溪水的黛綠舒緩晶瑩，是暮春了。紅色的鐵橋小巧而富麗，頗有一些異國情調，常常吸引一些日本觀光客來此遊覽。

推著腳踏車上橋，迎面而來的正是一群日本人，拿著小旗子的年輕男人戴一頂鴨舌帽，正向大家介紹這條溪與這道橋。他的日文說得很流利，告訴日本人溪水從這裡一直流下去，最後便入了海。又說這道橋在他小時候是一道吊橋，他說那時候吊橋一晃他就蹲下來不敢動，所有人都走過去了，只有他還蹲在橋中間。全部的觀光客都笑起來，男人也笑，他笑的時候臉頰出現了深深的酒窩，還有些靦腆的羞澁，彷彿仍是那個蹲在吊橋上的小男生。

醒兒被他的日語和敘述吸引，便停下來聽他說話，說著說著，男人忽然手指著橋畔那幢樓房，叫大家一起看。這是醒兒頭一次從這個角度，觀看自己居住的那幢樓，七層樓的一到六樓都是水泥外牆，灰撲撲的顏色，有幾戶看起來像是閒置已久，窗上的玻璃已經碎裂，如同被女巫施了沉睡符咒的城堡。

『我常常看著這幢樓房，感覺很怪異。大家看看七樓，美麗的窗台和窗簾，還有那些玫瑰花，和下面這幾層多麼不同，就像是一棵老樹，已經枯萎了，樹頂卻忽然開出鮮豔的櫻花，多麼令人喫驚啊！』

四周傳來一陣陣讚歎聲，日本觀光客紛紛取出相機與這幢樓房合照。眞正喫驚的是醒兒。她站在橋上，看著母親留下來給她的房子，外牆鋪上的是米白色的細磁磚，貝殼的光澤。推出去的窗台漆成白色的，一株株昂揚的玫瑰清晰可見，那朵初初綻放的玫瑰，簡直就是神氣活現。而半開的窗子裡隨風飄起的米色紗簾，更增添了浪漫的氣氛。

『是什麼樣的人住在那裡呢？』一位日本老太太從醒兒身邊走過，向男人詢問。

男人的手指放在下顎，好像在思考的樣子。醒兒忽然緊張起來，她不自覺的靠近一些，男人告訴老太太：

『我認爲住在裡面的人一定是幸福的，才能夠佈置出這樣幸福的一個房子。』

是，幸福的嗎？醒兒忽然失神了。是幸福的嗎？

『妳自己來旅行嗎？』男人走到面前，用日語對她說話。

醒兒近距離的仔細打量男人，他穿著一件淺藍色的POLO衫，配著牛仔褲和涼鞋，看起來很舒適。

『不是，我不是來旅行的，我不是日本人……』醒兒用流暢的日語回答他。

『那……我們可以講國語了。』男人笑起來，酒窩閃了閃。

『是啊。』醒兒也笑。她已經好久沒有笑了，好久沒有這種想與人交談的欲望了。

『我叫童子恆，在做導遊工作，妳一定看得出來。』

『蘇醒兒。很奇怪的名字，怪不得我總睡不著。』

子恆大聲笑起來，醒兒第一次覺得這句話好笑。

『妳要出門，還是回家？住在附近嗎？我還可以和妳見面嗎？』

『我住在附近。』醒兒說：『想見面的話就見面吧，我總會經過這裡的。』

『好！』子恆很堅定的點頭：『我們一定會再遇見的。』

之後連續幾天，躲在窗台簾後的醒兒都看見子恆在橋上徘徊，當她的第一朵玫瑰花凋謝的時候，她推著腳踏車上了橋。

他們在橋上相遇，子恆向醒兒要了電話號碼，並且抄在自己手心上，看了又看，很擔心的說：『這種原子筆會不會很快脫落啊？我怎麼覺得很沒安全感？』

那天夜裡，子恆的電話就來了。

『不好意思，說好不隨便打擾妳的，我只是剛剛把妳的電話號碼抄在我的筆記本上，也輸入我的手機裡，可是，還是覺得不踏實，很怕聽見「您所撥的號碼是空號」……』

那次的交談是這樣開始的，他們聊起日本，子恆每年總要去一次的嚮往之國；醒兒被驅逐之後的避難所。

『爲什麼妳會去日本？』有一次子恆問起。

『因爲我父母離婚了，爸爸要去大陸發展，媽媽又有病，她的精神有點問題，我就被送到日本去，寄養在一個阿姨家裡。不過呢，阿姨的先生不久過世了，阿姨就帶著小孩回來台灣，可是，我選擇一個人留在日本，因爲啊，短短兩、三年，我就覺得自己已經完全長大了，不需要依靠任何人，可以自己照顧自己了。』

醒兒也不明白爲什麼滔滔不絕的說了這麼多，她一點也不想隱諱，如果子恆繼續追問，她還會說得更多。然而子恆並沒有，他只是貼著話筒，輕輕地回應，鼓動她的耳膜，一陣陣溫柔的共鳴。

醒兒睡不著，他們便一路聊下去，聊到天亮。每天晚上都是如此。子恆仍然擔任日本觀光客的導遊，有些行程醒兒也會去參加，她站在隊伍最後面，聽著子恆介紹每一座山陵；每一條溪流；每一棵樹木，也品嘗各種小吃和名產，有時候看見子恆的黑眼圈，便有禁不住的愧疚。可是，她如果不和他聊天，就睡不著。聽見他說晚安之後，她便能安心的進入夢鄉。

『我的女兒戀愛了。』母親坐在『枯花』上，看著她說。

她撇了撇嘴，很不以為然的：

『這又不是第一次，我還和男人同居過呢。』

『這次是不一樣的。』母親的聲音還在耳邊，她睜開眼睛，看不見半個人影。

她翻個身再睡，卻怎麼也睡不著了。

『其實，我媽並沒有瘋，雖然她進進出出好多次醫院，可是，我看過她努力想變成瘋子的樣子，很猙獰，很可怕，但我並不怕，我知道她只是在做瘋狂練習。』醒兒從沒有對任何人訴說過的事，都告訴了子恆：『沒人相信我說的話，他們總覺得是我不能接受才這樣自欺欺人，但我就是知道媽媽根本沒有瘋。』

『這是妳的媽媽，妳的感覺是最真實的，妳應該相信自己的感覺。』

『但是，可能我也是瘋的呢？』她斜著眼睛睨他。

『妳愈瘋愈有魔力。』子恆圈住她，貼著她的臉頰：『不管妳是來讓我幸福；還是心碎的，我都無法自拔了。』

她知道母親說的是對的，第一次看見子恆的時候，她心裡就明白了，這一次非比尋常。她知道自己不會將子恆放進訂做的那把椅子裡，更不會讓他哭。

醒兒騎著車經過花店，故意放慢速度，紀阿姨看見她，向她招招手。她也就順理成章的停下來，除下帽子。

『原來妳還在這裡，我打過幾次電話，都沒人接，以爲妳回去日本了。』

『我還，還會再待一段時間吧。』她說得有點不好意思，她知道自己早該回去的，如果沒有遇見子恆，她應該已經回去了。

紀阿姨做了些涼麵，叫她一起進來吃午餐，她們窸窸窣窣地吃著麵，她忽然想到剛到日本去的時候，被阿姨全家吃拉麵的呼嚕聲給嚇到了。母親絕不允許她吃東西發出聲音來的，她簡直無法體會進食會有的聲響。然後她意識到母親不在身邊，她可以按照自己的方式過生活了，她用力吸起一根麵條，發出超級大的聲響，餐桌上所有人都轉頭，微笑地看著她。

她覺得好快樂，好自由。

她一邊吃麵，一邊把這件事說給紀阿姨聽，阿姨臉上並沒有興味盎然的表情，只是抬起頭來，懇切地問：

『難道，妳和母親在一起的時候，眞的那麼不快樂嗎？一點快樂的記憶也沒有嗎？』

醒兒頓時懊惱起來，她原本是要讓氣氛輕鬆些的，現在，看著等候回答的阿姨，她忽然覺得口乾舌燥。

小時候，因爲母親住院，父親回不來，外婆就到北部來帶她，可是，外公忽然摔了一跤，外婆爲了照顧外公，帶著小醒兒連夜坐夜車回南部去。外公、外婆家是一座四合院，養著一隻土狗、兩隻貓，還有一籠子雞。醒兒在那裡玩得快樂極了，她和別的孩子到田裡挖土窯烤地瓜；到竹林裡找攀在枝上的青竹絲，外公摔斷了腿，躺在床上，卻爲她雕了許多小玩意，有三隻小猴子，一隻掩住耳朵，一隻摀住嘴巴，還有一隻蒙上眼睛，這是她最喜愛的，藏進了行李袋裡面。雖然外婆總叮嚀她別去吵阿公，她還是忍不住要去，躺在半明半暗的床舖上的阿公，看見她便笑得好開心，親切的同她說話，爲她雕刻一個又一個可愛的動物。阿公的手很巧，只要是她能形容出來的東西，沒有阿公雕不成的。有一天夜裡，醒兒坐在四合院裡看星星，可以聽見阿公的鼾聲，貓咪在她腳邊蹭啊蹭的，廊下晾著的醃菜氣味忽而濃郁忽而遙遠，醒兒忽然覺得好幸福，這才是一個家。這就是她想要的一個家。

然而，第二天，醒兒被院子裡的喊聲吵醒，她的母親趕來了，喊著叫著把醒兒拖走。

『妳爲什麼把她帶回來？』母親聲嘶力竭地：『妳到底是什麼居心？我和妳說過我不准我的女兒到這裡來！永遠也不准來……』

『妳聽我說……』外婆試著走近點安撫母親。

『不要碰我的孩子！不准妳碰她！』母親粗暴的格開外婆，像被夾到尾巴的獸那樣的尖銳。

外婆痛心的哭起來：『妳不要發瘋好不好？』

醒兒記得自始至終，外公都沒有一點聲音，也不見人影。

回到家之後，母親在她的背包裡發現三隻小猴子，再度爆開來，狠狠地發一頓脾氣，點火焚燒了三隻猴子。她愣愣地看著火燄吞噬她心愛的小猴子，就是這樣，母親非但沒有帶給她快樂，還掠奪她的快樂。有時候她強烈感覺，母親可能沒有瘋，但她一定有病。

『醒兒。』紀阿姨柔聲喚她：『妳覺得妳的母親到底是怎麼了？』

『大家都說，她瘋了。』

『妳覺得呢？』

『我不知道。』

紀阿姨嘆了一口氣：『她選擇在醫院裡結束一切，大概也就是想讓人家以爲她瘋了吧。可是，妳是她的女兒，妳感應不到她的痛苦嗎？』

『她的……痛苦？』她像是從不認識這幾個字似的揣摩著。

『她曾經歷過的事，她所背負的秘密和痛苦。』

『妳是說，她和我爸的事？他們倆的是非恩怨，糾纏了那麼多年，我不想再追究了。我爸已經再婚，看起來很美滿，我媽……也照著自己的選擇做了。我只想，過我自己的日子，反正他們也沒顧及過我的感受。』

『妳的心情我明白。可是，妳母親的遭遇，恐怕不是妳可以想像的，醒兒，如果妳還沒準備好，我不會強迫妳一定要知道這些事，等妳準備好的那一天，到這裡來找我吧。』

那天夜裡，醒兒洗完澡，圍著浴巾走出來，便看見母親，坐在『枯花』上，一隻腳放在椅面上，一隻腳自然垂下，她看見母親的腳趾上塗著蔻丹，很鮮潤的玫瑰紅，使她的腳背更雪白，幾乎可以看見皮膚下面流動的血管。這麼鮮明的活著的生命，爲什麼當母親活著的時候，她卻感覺不到她的存在呢？

『我知道我在做夢。』醒兒說著，把濕潤的短髮撥鬆。

『妳和我在一起，眞的那麼不快樂嗎？』母親問。

『彼此彼此。』她譏誚地。

『我原本只是要保護妳的，希望妳不要受到傷害。』

『妳就是傷害我的那個人！我到底做錯了什麼事，妳要用盡各種方法懲罰我？我只是一個小孩，我是妳的女兒啊！妳折騰我，扭曲我，囚禁我，最後把我趕走，把我驅逐到那麼遠的地方。妳爲什麼這麼做？妳爲什麼那麼恨我？到底是爲什麼？』她崩潰地朝母親大喊，屈抑了那麼多年的委屈與憤怒，一下子全爆發出來。

『我不恨妳。』母親的臉就在她眼前，母親的眼中升起哀傷的紫色的霧：『我恨我自己。』

她看見母親轉過身往窗邊走，掀起簾子，推開窗，攀爬上去，整個人直直地墜落而下。

啊——她心神俱裂的狂叫。

啊——不要啊，求求妳，不要死。

媽妳不要死。

醒兒從劇裂的痛楚中醒過來，渾身好像都被撕裂了再黏起來，她要經過一段時間才能重新認識每一個部分。最先感覺到的是心臟，虎虎地擂擊著胸膛，爲了平復不正常的心跳，她蜷起身子坐著。

『妳母親的遭遇，恐怕不是妳可以想像的。』

紀阿姨說過這樣的話。

醒兒和子恆約了在橋上見，看見醒兒的時候，子恆就知道不對勁了。

『發生什麼事了？』

『我整整兩天沒睡覺了。我有事想告訴你。』

子恆握住她的手，但她感覺到那雙手的冰涼，子恆沒說話，只是擺出已經準備好的姿態。

『你問過我住在哪裡，我現在告訴你，我就住在那裡。枯萎的老樹開出的櫻花……』

子恆怔怔地看著七樓，再看著醒兒，千百種思慮迅速在他腦海中翻轉，他選出最令他恐懼的一種。

『妳已經結婚了？我是第三者？』子恆喉頭乾涸，幾乎發不出聲音。

醒兒搖頭，她說她不是那個想像中的幸福女人，這只是一幢永遠沒有團圓的寂寞公寓。那天，醒兒帶著子恆回到家裡，儘量完整的告訴他自己和母親的故事，然後，她指著那扇窗。

『她就從這裡跳下去了……我從來沒有那麼駭怕！』

『這是夢啊。妳母親是在醫院裡跳的，不是在這裡。』子恆把她擁進懷裡，輕輕拍撫她的背。

『她說她不恨我。她說她恨自己。』

『我相信妳的母親並不恨妳，她應該是愛妳的，她買了這層樓，裝修得這麼美麗，就是希望將來有一天可以和妳住在一起。她還買了妳的作品，放進妳們的家裡，妳就是她對未來的希望。她是愛妳的。』子恆托起醒兒的下巴，輕輕吻了她：『誰能不愛妳呢？』

『她卻選擇了自殺。』

『也許是因爲，她不想再背負那麼沉重的痛苦和秘密了。』

『我聽人家說……』醒兒說這些話的時候，不能抑止地顫慄：『自殺死去的人，會永遠停留在那一刻，不斷地，一次又一次的重複死去的那一刻，是不是這樣？』

子恆也顫慄了，他將醒兒擁抱得更緊：『都是……迷信的說法，不用相信這些的。』

可是，醒兒感覺到他語氣中的不確定。她轉頭看著窗前的白色紗簾，在風中飄拂著柔美的曲線，花台的玫瑰都開了，有紅色、粉色和白色，母親留下來的一座小玫瑰園。

醒兒看著窗外的漫天飛雪，偶爾有人經過，都是瑟縮起身子，疾疾行走的，呼出的熱氣成爲一縷縷白煙。醒兒不覺得冷，她感到很溫暖，可是，坐在她面前的母親卻很寒冷，她的肩膀往裡收，微微弓起身子。

『紀阿姨他們離開以後，我眞的找不到人照顧妳，妳還是跟我回去吧。』

『我根本不需要照顧，我已經長大了，妳看不出來嗎？我可以選擇自己想去的地方；我可以穿自己想穿的衣服，什麼顏色都可以！』

母親的臉色灰了，拉緊外套，淡漠地說：『隨便妳。』

原本應該要激怒母親的，醒兒卻被激怒了，她逼近母親，用盡全身的力量：

『妳爲什麼這麼恨我？』

母親震動了，接著是困惑的表情，怔了許久，訥訥地：『我不恨妳。』母親抬起眼睛注視她，那是一雙如此憂傷的眼睛，蒙上一層薄薄的霧氣，她的聲音很輕微：

『我恨我自己。』

然後，母親霍然起身，推開門走進風雪中。醒兒忽然驚覺到母親的衣裳如此單薄，不應該這樣出門去的，她的心被惻惻的刺了一下，然後就醒過來了。

醒來之後，她才想到，剛才的夢並不是夢，而是確實發生過的，在她十七歲那一年。紀阿姨他們全家決定回台灣，母親曾經到她寄宿的學校找過她，希望她可以一起回去。她們坐在咖啡室裡，談得氣氛很僵，然後，母女倆一起望向窗外，沉默的等候天黑。醒來之後，她才發現，覺得暖和是因爲睡在身邊的子恆穩穩地攬抱著她，他的半裸的身體像個暖爐。醒兒實在想不起來，父親曾經這麼擁抱過母親嗎？她記得在很小的時候，父母親就是分床睡的，等她稍微大一點，父母親甚至分房睡了。他們的關係一直很冷淡，她以前以爲是因爲母親的病，現在想起來，或許眞的是有什麼秘密。母親與外婆、外公的關係也是那樣怨懟；與三個舅舅幾乎是從不往來的，連母親的喪禮，她打電話通知了他們，他們也沒有一個人出席。

如果眞有一個秘密的話，這秘密應該就是一切的源頭與答案了。

『醒兒？』子恆濃濃的鼻音，他忽然醒過來：『妳醒啦？還是沒睡著？』

『我剛剛醒。』

子恆坐起身子，甩甩頭：『好像扭到頭了……要不要喝水？』

醒兒搖頭。子恆站起來倒了一杯水，喝了幾口，拿到床邊，挨著醒兒坐下，把水遞給她：『來，喝一口。乖乖的再睡一會兒。』

醒兒湊著杯緣抿了抿清涼的水，她說：

『我夢見我媽。應該是……我夢見以前的事了，她到日本去找我，希望我可以回台灣，可是我拒絕了她。』

子恆用雙腿圈住她，面對面的：『什麼時候的事？』

『十七歲吧。』

『喔。叛逆美少女。』子恆的酒窩又出現了，眼中燦燦地熱烈的光，湊過來吻她。

『才不是……』醒兒忍不住笑著閃躲：『我只是習慣性的拒絕她了。』

說出這句話，醒兒自己也嚇了一跳。原來她是習慣性的拒絕母親，然而，母親卻並沒有絕望，也沒有放棄她，還準備了這幢房子，等著將來有一天，她們可以母女團圓。那一夜，子恆再度入睡之後，醒兒翻開每個抽屜，企圖尋找任何一點蛛絲馬跡。她發現母親入院之前，把家裡徹底的整理過，就像是一個準備逃亡的大盜，絕不會留下一點線索。醒兒愈來愈肯定，這一定是母親的預謀。

『妳到底發生什麼事？』天快亮之前，她沮喪的蹲在地上，自言自語。

然後，她看見一個小女孩，站在玄關的位置，手裡拿著三隻木雕小猴子，非常憂傷地望著她。她覺得那是自己，卻又不那麼確定，一眨眼，小女孩消失了，天也亮了。

子恆出門之後，醒兒打了一個電話：

『阿姨，我想，我應該已經準備好了。我想要知道媽媽到底發生了什麼事？我想，我必須要知道。因爲我，我是她的女兒。』講到這裡，她再講不下去，只能顫抖。

花店的鐵門拉下一半，掛起『暫停營業』的牌子，醒兒提著剛剛買的泡芙，敲敲門，紀阿姨素白的臉出現了。

醒兒將泡芙送上，接過紀阿姨泡的玄米茶。她發現紀阿姨的情緒起伏也相當大，幾乎失去了往昔的平和柔馴。

『我想，我給阿姨找麻煩了。』醒兒說。

『不是，不麻煩，我只是……等了好久好久，終於等到這一天……』

『可能已經太遲了，只是我……』

『不會，不會太遲，對妳母親和妳，都不嫌遲。』

紀阿姨年輕時候原來是社工，她在輔導一個慣性自殺的女孩時，遇見了醒兒的母親。

『妳母親那時候很美，所有輔導她的男社工都會情不自禁愛上她，所以，我才會去接手。才剛接手就發現她的自我意識很低，非常自暴自棄，可是，我說的一些話她還能聽進去，也是我們倆投緣吧。我知道她有嚴重的童年創傷，爲了更深入的幫助她，我去查了她的資料，她……』紀阿姨忽然說不下去，喝了一口茶，又喝一口：『她遭受過性侵害。』

醒兒定定的看著她，那一瞬連呼吸也忘了。

『醒兒。妳還記得妳外公嗎？』紀阿姨的眼神很倉皇。

醒兒聽見了自己的呻吟聲，她的頸部卻被固結了，一吋也搖不動。不會的，不可能的，不應該是這樣的。

『她那時候還很小，是學校老師發現了，告到警察局。可是妳外公不承認，妳母親的三個哥哥也都指責她說謊，妳外婆什麼話都沒說，那種年代家醜不可外揚，鬧了一陣子也就不了了之了。家裡的人命令她什麼都不能說，他們也什麼都聽不見，什麼都看不見。妳知道，妳外公是鄉裡最有名的木雕師傅，大家都說這個小女孩一定是瘋了，可能得了妄想症，他們把她送進精神病院，她在裡面住了一年多……治好了她的「妄想症」……』

醒兒突然哭出來，那麼痛澈心肺的聲音，撼動了所有安靜聆聽的花卉。

紀阿姨也哭：

『醒兒，我眞希望事情不是這樣的，可是我遇見她的時候，一切都已經發生了，我發現……自己什麼事都不能做了……』

醒兒抱住自己，彎下腰，她嚎叫著：

『媽──媽──』

她也什麼事都不能做了，什麼事都來不及做了。只是她忽然都明白了。

爲什麼母親總給她穿白色的衣服；爲什麼母親總那麼在意她乾不乾淨；爲什麼母親與父親的關係冷淡如斯；爲什麼母親和外公、外婆的對立如此尖銳；爲什麼母親常常希望自己是瘋的。

母親確實是要保護她的，只是，保護得太過度，令她感覺窒息。

母親並不是不愛她的，母親只是分不清愛與恨，因爲還是一個小女孩的時候，她就已經被摧毀了。母親是被摧毀的，被她的家人一次又一次聯合起來毀滅的。他們在她小時候就殺死了她，他們當然不會來參加她的葬禮，他們早就埋葬了她。繼續長大的只是她的幽靈，而醒兒是幽靈誕育的一個新生命。

幽靈爲什麼還要誕育一個新生命呢？

醒兒忽然停住了哭泣，她知道自己可以爲母親做什麼。她要討回一個公道。他們全體都欠母親的，因爲他們的惡意與貪慾；因爲他們的縱容與栽贓；因爲他們的若無其事，他們全都應該付出代價。

每個人都該為自己做過的事付出代價，尤其是毀滅了無辜純潔。

醒兒想到斷了腿的外公靠坐在半明半暗的床鋪上，親切的笑著招呼她過去，母親也就是在這樣的招呼下爬上床去的嗎？只是她一腳踩進了地獄裡，再見不著一點希望的光。她掙扎了大半輩子，還是滅了頂。

『這不公平！』醒兒咬牙切齒地。

『醒兒，我知道妳心裡埋怨妳母親，我只是想讓妳知道，妳的母親真的是愛妳的，她只是無能為力。』

醒兒站起來，她似乎並沒有聽見紀阿姨說的話，空空洞洞的望著前方：

『他們應該付出代價……』

天剛剛亮，醒兒發現自己正站在四合院前方。這是她小時候擁有過最幸福記憶的地方；這是她母親瑟縮哭泣等待著長大的地方；這是外婆過世之後她再沒回來過的地方。她站在門口，看見正要出門運動的大舅，好多年不見，大舅已經頭髮花白了。看見她，大舅狠狠嚇了一跳。醒兒先是詫異，很快就明白了，她和母親愈來愈像，大家不都是這麼說的嗎？

『妳……醒兒喔？』大舅好半天才回過神來：『妳怎麼來了？』

『我有事要問阿公。』

『阿公不在。』

『那，我先問你……』

『妳不要問我，我什麼都不知道。』大舅防衛過度，恰好露出他的慌張。

誰也沒想到，多年前的幽靈又回來了。他的慌張，正好印證了醒兒想印證的一切。

『你比我媽大七歲！你是她哥哥，你應該要保護她的，你怎麼可以當做什麼事都沒發生？』

『妳在說什麼？我聽不懂啦……』

舅媽和兩個女兒也走出來，她們與醒兒的關係一向不親近，可是，看見這樣的場面也覺得狐疑。

『發生什麼事？醒兒怎麼有時間回來？要不要進來坐坐？』舅媽儘量表現地主之誼。

看見妻子和女兒走出來，大舅顯得更心煩意亂：

『過去的都過去了，我沒有什麼可以和妳說的，妳還是走吧。』

『我走了事情就過去了嗎？我走了你就心安了嗎？如果你眞的可以安心，我媽都已經死了，你還有什麼好擔心的？爲什麼你看到我會這麼害怕？因爲我媽的哭聲還在這間房子裡！你聽得見！是不是？你聽得見！』

『妳在說什麼？妳是瘋子！跟妳媽一樣，都瘋了！』大舅揮動著胳臂，好像在驅趕蒼蠅的樣子。

『我媽沒瘋。她從來沒有瘋過，雖然你們把她送進精神病院，她還是沒瘋！你有沒有告訴過舅媽，我媽得了哪種精神病？妄想症啊！你有沒有告訴過表妹，我媽在妄想什麼？她們也是女兒！我媽也是女兒！我媽過的是怎麼樣的日子啊？』

『妳別再說了……』

『讓表妹她們都知道啊，知道這座可怕的院子裡發生過什麼可怕的事。如果你說不出來，或者你忘記了，讓我來說。我什麼都不在乎，因爲我媽已經死了……』

『不要說……』大舅忽然矮下去，舅媽和表妹都衝過來扶，醒兒才發現大舅跪了下來。

『我求求妳……不要說。』

『當年，你也是這樣求我媽的？還是，你們都罵她，把她當成一個瘋子？』醒兒哀傷到幾乎也站不住了，大舅扶住她，這是第一次，他們骨肉相連。

大舅讓舅媽和表妹進屋裡去，他們甥舅二人就坐在走廊的階梯上。

『雖然我比妳媽大七歲，事情發生的時候，我也只是十幾歲的孩子。在家裡都是聽妳阿公的，每件事，他說對就對，他說錯就錯，他說有就有，他說沒有就沒有，我們都習慣了。妳媽媽本來是我最疼愛的小妹妹，事情發生之後，我們都嚇壞了，只好站在爸爸那邊。雖然……心裡知道妳媽媽沒有瘋，還是要覺得她有病，要不然，怎麼會發生這種事呢？我知道我做錯事了，我連妳媽媽的葬禮都沒有臉去參加……妳二舅、三舅都出國去了，一出國就沒有再回來，我明白他們的心情。我很晚才結婚，也是因爲……很多心情，很難……過去……』

『爲什麼，當我媽活著的時候，你不對她說這些呢？』

『妳阿公還在，我不知道該怎麼說。而且我沒想到，妳媽會……這麼做。我以爲還有機會的……』

是的，醒兒未嘗不也是覺得還有機會的，只是機會果眞稍縱即逝。

『我要見阿公。』

『他身體不好，妳就……』

『我必須見他！』醒兒看著大舅，非常堅定的說。

沒有想到外公並不住在家裡，當大舅一家人搬回老宅的時候，就把外公送進了安養院，說是在那裡比較能有專業的照護。

護士帶著醒兒穿越長長的走廊，打開一扇門，狹小的房間裡一張床和小小的進食檯，靠窗的地方，一個瘦瘦小小的老人坐在輪椅上。護士忽然轉頭問：『妳是他的……』

『女兒。』醒兒脫口而出，像是一種反射作用。

護士見怪不怪的，對著輪椅上的老人喊：

『阿公！你女兒來看你啦。』

房門忽然關上，砰一聲，醒兒被震了一下。因爲背光的關係，她並不能看清老人的臉孔，但是她的印象中，外公並不是這麼瘦小的。她慢慢靠近，靠得更近，才發現老人在打盹，長長的口涎垂掛在胸前。輪椅旁邊懸吊著點滴，輪椅下方掛著的是尿袋，一股騷臭味撲面而來。醒兒看著那張核桃似的佈滿皺紋的臉，八十幾年的老歲人的臉，卻睡得很安詳。她應該恨這個人的，她應該把他搖醒，大聲質問他，做了那麼多天譴的事，怎麼還能睡得著？他知道他的小女兒已經自殺了嗎？因爲他造的孽，卻讓一個受害者隱忍著傷痛與羞辱，將秘密帶進墳墓裡。他怎麼還能安眠？

咕咕嚕咕，咕嚕。一陣奇怪的聲響，老人睜開了眼睛。醒兒渾身緊張起來。老人看了看她，逕自將進食檯上的水端起來喝了一口，然後問她：

『啊，妳要喝嗎？』

醒兒搖頭，再搖頭，她深吸一口氣：『阿公。你記得我嗎？我是醒兒。』

老人又看了她一眼：『啊，妳不喝喔。』

『阿公！我有事要問你，當年我媽媽……你……你到底認不認識我？』她握住輪椅的手把，面對面直視著老人的眼睛。

老人仔細的看著她，咕咕地笑起來：『啊妳不要吵，我就雕一個老鼠送給妳，好不好？』說著，老人摸索著，取出一塊肥皀，還有一把塑膠的奶油刀，開始認眞的用顫抖的手雕刻起來。一片片肥皀屑，像白雪似的落下來。

專注雕刻著的老人，有一種天眞的神情，像個單純的小孩子一樣。醒兒看著，說不出的惆悵，他眞的什麼都不記得了，他的生命裡只剩下雕刻了，這是他做了一輩子的事，是他的快樂，也是他的光榮。那麼，他做過的醜惡與殘酷呢？他爲那麼多人帶來過痛苦，他怎麼可以忘記呢？他忘記了，是不是就當一切沒發生過？但是，一切確實發生了啊，這可怕的事影響了母親、舅舅、父親與醒兒，醒兒覺得她的一生幾幾乎就要毀了，在母親自殺之後。

她以爲這個老人應該生活在地獄裡，或者她將會把他帶到地獄裡去。爲什麼他竟被豁免了？他活在自己的世界裡，那裡顯然並沒有悸怖；也沒有燎燒的火燄，爲什麼會是這樣的？爲什麼上天竟寬宥了他？上天爲什麼寬宥了外公；而不寬宥母親呢？

『啊，好了……』老人將一隻雪白的小老鼠放在掌心，像是一個珍寶似的遞到她面前，笑咪咪地：『這個老鼠送給妳。』

醒兒退到門邊，她打開門快步往外走，穿越長長的走廊，再穿越安養院的小水池，在淚眼模糊中，她看見童子恆，子恆向她伸出手，她撞進子恆懷裡，哽咽地：『帶我回家，帶我回家……』

往東部去的火車上，醒兒已經把紀阿姨託子恆帶給她的那封信讀過無數次了，那是當醒兒一歲多的時候，母親寫給紀阿姨的一封信：

紀姐：

到這個時候，我才眞正明白妳告訴過我的那句話——生命可以重新開始。

我曾經希望自己是美麗的玫瑰，可是，這朵玫瑰還沒開花就已經腐爛了，而我的醒兒可以是一座芳香的玫瑰花園。

我會好好疼愛她，好好保護她。

有時候我還是會覺得沮喪，有時候也很消沉，可是，當醒兒望著我的時候，我就覺得自己像她一樣純潔。

當醒兒對我笑的時候，我眞的相信，天堂是確實存在的。

那時候，醒兒就是母親的安慰與希望，擁有母親全心全意的愛。只是，當她一天一天長大，母親在她身上看見自己的影子，看見悲劇留下的陰影，一切就扭曲了。愈是在意，愈是恐懼。

醒兒想到自己曾經那麼怨恨母親將她驅逐，其實，母親早就把自己流放了，流放於幸福之外。

『如果外公可以活得那麼無憂無慮，爲什麼媽媽要承受這麼多？』醒兒攀著子恆問。

『這也許是一個啓示。』一直沉默的子恆終於說話了。

『什麼意思？』

『關於自殺的人永遠不能超脫，這是不正確的說法。』子恆有著少見的嚴肅：

『像妳外公那樣的人，上天都能原諒，更何況是像妳母親這樣的人呢？她再也背負不了痛苦了，她要解脫痛苦，如果眞的有神，對於她的痛苦無能爲力，幫不了她，也不能給她救贖，怎麼還能懲罰她呢？上天讓妳看見外公，也許就是爲了讓妳明白，妳的母親已經安息了，她再也不會有痛苦……』子恆注視著包裹在淚水中的醒兒的眼眸，發自肺腑深處地：『我會好好照顧妳，讓妳慢慢忘記痛苦，只記得快樂的事，讓妳不再飄泊，平安的睡去，幸福的醒來。』

醒兒不再說話，把臉頰貼著子恆的胸膛，聽著規律的、篤篤的心跳聲。

坐在搖搖晃晃的火車上，醒兒似乎又回到了好多好多年前，母親歇斯底里的衝進外公外婆家，把她搶奪出來，一刻也不停的搭上火車回家。在火車上，母親焦慮地不斷問她：『醒兒有沒有和阿公玩？有沒有哪裡不舒服？有沒有受傷？要跟媽媽講喔……有沒有？』

醒兒不停搖頭，母親忽然緊緊摟抱住她，失而復得一般，緊緊地。母親的身體好溫暖、好柔軟，還有一股甜絲絲的花香。母親輕輕哼起歌來，就在她耳邊，膩著嗓子哄她入睡。她好希望永遠不要醒來，就這樣一直睡回東部的家，睡到玫瑰花開了又謝，謝了又開。

在夢裡，她感覺自己牽著一個小女孩，兩個人一起焚燒了三隻小猴子，木雕小猴子遮眼、掩耳、摀住嘴巴，她們很快樂的看著火燄熊熊燃燒。她心裡知道自己牽著的是童年的母親，她很溫柔的牽著，並且感覺到母親牢牢地，全然信靠的牽住她的手。

海棠溪谷

海棠首先迎向父親，幫著父親把母親安頓好，
母親浸在溫泉中的肢體變得柔軟了，
浴衣在水流中拂動著，像雪白的水草。

海棠推開那扇門，像做賊似的，輕手輕腳潛進來，屋了裡黑漆漆地，她站立一會兒，讓眼睛熟悉這樣的黑暗，隱約之中，也能辨認出沙發和茶几的形狀。

太安靜了。不應該是這樣安靜的。

『宋宋！』她出聲呼喚。

沒有回應。

她索性打開燈，推開門簾，走進臥室，臥室的地板與床鋪上，堆著許多許多衣服，像是遭竊一般。海棠的心裡一緊，她的聲音更尖利：

『宋宋！妳在哪裡？』

一轉頭，海棠看見拉起毛玻璃門的浴室裡，有個黑影，她拉開門，便看見宋宋坐在檜木浴盆裡，穿著她自己最喜歡的那件銀色小禮服，臉上甚至化了很整齊的妝，而她的裸露的手臂垂在盆外，鮮血縷縷從腕上流下來，已經沿著浴盆流了一圈。宋宋費力地抬頭看她，恍惚的笑著問：

『我美嗎？我……美嗎？』

『妳發什麼瘋？妳爲什麼要這樣？』海棠扯下一條毛巾，用力勒住她的傷口。

宋宋徒勞地掙扎，盆裡的水溢出來，潑濕了海棠。

『來不及了……』宋宋說：『讓我死吧，我不想活。』

『不准死！妳不准死！妳做了什麼？妳是不是吃藥了？告訴我！妳吃了什麼？宋宋！宋宋！』海棠用力想把宋宋從浴盆裡拉出來，她那麼兇狠強悍，眼中閃著飆忿的光芒，看起來不像是救人，倒像是殺人。

『阿姨……』宋宋渾身濕淋淋，一點力氣也使不出來，她紫色的嘴唇抖瑟地：『妳不覺得……活得好累、好累嗎……』

海棠咬住牙，扛抱起宋宋，她的臉頰抽動著，什麼話也沒說。

海棠坐在手術房外面，牽著小萬，小萬已經吃完一個麵包，靠著她，昏昏欲睡了。醫生說過沒什麼大問題，只要洗個腸就沒事了，海棠知道這一天總是會來的，她擔心的是洗過腸的宋宋，能不能對於活下去多一點熱情？

宋宋與她的緣分是很奇妙的，她開計程車固定去載宋宋，載她到酒店上班，也把她接回她的小套房，常常她出門時明豔照人，回家時醉得不省人事。有時她要和客人出場，就會打電話通知海棠，不必來接她了。

『丘小姐。』她總是這麼說的：『我今天要和幾個姐妹去吃宵夜，妳不用來了。』

活到快六十歲，海棠什麼事不知道，她明白宋宋還要保留一些自尊。她覺得一個人只要還有自尊，就是好事。她不看輕宋宋。

她不常和宋宋聊天，習慣安靜的開著車，倒是宋宋有時候好心情會找她聊天：『丘小姐，妳的名字眞好聽，丘海棠。誰幫妳取的？』

『我阿爸。』海棠小時候並不喜歡這個名字，覺得怪老氣的：『他是個老師。』

『丘小姐，妳怎麼會開計程車的？』

『爲了生活……』她淡淡地笑了笑：『還不都是爲了生活。』

『丘小姐，妳和孩子一起住嗎？』

『我和孫子一起住。就只有我們兩個人。』

她也看過一些火爆的場面，在她接宋宋回家的時候，有個年輕男人正和宋宋拉拉扯扯地，宋宋甩開男人，急急火火地上了車。男人扳住車門把手，不肯放。

『開車！開車——』宋宋橫著眼催促海棠。

海棠不敢踩油門，怕出事。僵了一會兒，宋宋推開車門，讓男人上車，男人上了車，氣喘喘地，拘束靦腆，貼著宋宋坐，他的手很熟練的纏上宋宋的腰，海棠明白，這是她的男人。

『要回去就回去好了，你以後別來跟我拿錢。我養不起你們大大小小一家子，你想回去做孝子就回去！』

『只是，只是暫時的……』男人手長腳長，卻長著一張孩子臉，看起來好無辜。

海棠知道，這種男人最大的優勢就是，女人心甘情願爲他付出，就算他犯錯也會覺得他不是故意的，應該原諒他。

『那，你要不要跟家裡面提一提我們的事？』宋宋的口氣轉爲委婉。

『我會找機會說的。可是，我還年輕，他們可能覺得還應該再等幾年……』

『還要等幾年？我已經賺了三年啦！我都二十八歲了，三年前你就說要娶我的，怎麼那時候不覺得年輕？』

『就是，家裡面的情況，妳也知道的。』

宋宋從鼻子裡冷笑一聲：『我當然知道，我爲你，爲了你們家做得還不夠嗎？我只差沒剁成一塊一塊的，給你們家餵狗！』

『妳不要這樣說啦！』

『你現在連聽都不想聽了？你是不是希望我可以消失？』

『妳不要無理取鬧好不好？』

宋宋努力憋住想說的話，片刻之後，終於忍不住，叫海棠停車。車停下，宋宋趕男人下車，男人悻悻然下了車，重重甩上車門。

海棠重新上路，後座的宋宋尖叫起來：『幹！我絲襪破了啦——』她用力把手提包摔在腿上，氣急敗壞地。

約莫三個月之後，宋宋告訴海棠，她不去酒店了，又說她要找房子，想找個便宜點的、乾淨的地方，海棠想到自己在頂樓加蓋的小套房，自從兒子媳婦離開之後就一直空著的地方。她帶宋宋去看了，宋宋果然喜歡，油漆粉刷之後，搬了進來。海棠知道了宋宋和男人分手了，男人回到家鄉之後，在家人主張之下，去越南找了一個女孩子結婚。

宋宋開了一家小小的美容工作室，替新娘化妝，生意不好也不壞，還能維持。偏偏半年後遇見了男人和他已經懷孕的越南妻子，手牽手逛大街。宋宋糾纏著人家一起吃飯，吃完飯又去唱歌，唱完歌還喝酒。愈鬧愈兇，男人招架不住，打電話向宋宋的朋友筱眉求助，筱眉也沒轍，最後還是找來海棠，海棠開著車子，看見宋宋扯著男人又哭又叫，腹部隆起的越南妻子或許不明白宋宋說的話卻顯然懂得這種狀況，她站在一旁，臉色青白，如果地上有個洞，早就鑽進去躲起來了。海棠替宋宋難受；替那個孩子臉的男人難受；也替那個越南新娘難受。

她下車去，把扭麻糖似的絞在男人身上的宋宋拉開來，宋宋已經哭得連鼻子都腫起來了。她反反覆覆說一句話：『你怎麼可以這樣對我？你怎麼可以這樣對我？』

男人擺脫了宋宋，立即像拉住一個護身符那樣的拉住妻子。

海棠把宋宋的臉扳往男人和妻子的方向，她說：『宋宋。妳看清楚，這個男人和妳再也沒有關係了。他現在是別人的丈夫，馬上就是別人的父親了。妳要記得，一切都過去了。』

宋宋哽咽著，和她上了車。

車子開了一段路，宋宋忽然像頭野獸似的，撲到海棠椅背上，她的臉頰反常的潮紅，非常亢奮地：

『妳看見了嗎？那個女孩子，他去越南找的女孩子，是不是很像我？是不是長得很像我？』

海棠搖了搖頭，沒有說話。

宋宋萎靡地倚回後座，她喃喃地：『他會後悔的，他一定會後悔的……』

海棠把宋宋送上樓，照顧小萬洗澡，送他上床，她自己淋浴著，忽然覺得心臟亂跳，有一種不祥的預感，她相信直覺。果然，宋宋做了傻事。

護士推著宋宋出來，海棠連忙迎上去，蓋在淺綠色被子裡的宋宋，虛弱的閉著眼睛，海棠第一次發現，宋宋也有著一張孩子臉。

『宋宋。』海棠跟著她的床，叫喚著她。

宋宋的睫毛顫了顫，可能還沒完全清醒過來，她的臉部表情鬆弛，彷彿帶著一絲微笑：『媽媽……媽……』

海棠一震，停下腳步，她已經好久沒聽見這一聲『媽』了。小萬從後面蹣跚走來，牽住她的手，她把小萬緊緊的牽牢，看著宋宋的病床愈推愈遠，被白茫茫的長廊吞噬。

天還沒亮，溪谷被霧氣包裹著，海棠背著小萬下階梯，仍是兩、三年來習慣的位置，脫去外衣，疊好放在岩石上，這時候小萬就完全醒來了。海棠將他抱進溫暖的水中，摸索著那塊總等在水裡的石塊，讓小萬穩妥的坐好。這裡是天然溫泉與山泉交會的地方，也是小萬和她每天都來報到的秘密基地。

『要不要喝水？』她問。

『喝……喝水。』小萬一說話就得搖動身體。

海棠溫柔的倒一杯元氣湯給小萬喝，紅棗、枸杞和黃耆混成一種奇異的香氣，小萬喝著，元氣湯從他嘴角溢出來，海棠已經慣了，她用手指揩掉那些汁液。

『乖，慢慢喝喔。』

小萬喝完，傾過空杯子給她看，有著炫耀的意思。

『小萬眞乖，眞能幹，全部喝完囉。』

一個五歲的孩子喝完一杯水，有什麼值得誇讚的？偏偏小萬並不是平常的五歲孩子。雖然，他曾經有機會和別的孩子一樣平常的。

『都怪妳！都是妳害的，都是妳！』媳婦阿鳳恨恨地指著她，咬牙切齒。

海棠忘不了阿鳳的臉孔，她連做夢都會夢見。怪她，他們都怪她，她的媳婦怪她，兒子也怪她，而她做的事不過是買了一把新鮮龍眼。那把龍眼剛剛採收下來，綠色的葉片好像不知道離了枝頭，仍在生長著。她嚐了一顆，裡面的核還不小，而果肉確實清甜。她買了一大把帶回家去給兒子媳婦吃，一歲多的小萬也嘟起小嘴要吃，這個頑皮又可愛的孫子，是她的心頭肉。

小萬剛牙牙學語，晚上總要同她一起睡，兒子和媳婦擺地攤，回到家都已經很夜了，巴不得能擺脫這個麻煩。小萬愛撒嬌，睡覺的時候整個身子蝦到海棠懷裡才能閉上眼，海棠忍不住要吻吻他長長的睫毛，鼓鼓的腮幫子。小萬也貪吃，特別留意別人吃什麼，有時候還要撬開別人的嘴，探個究竟。

那天，小萬也是這樣，扒著她的膝頭，攀緣而上，執著地要撬開她的嘴，她一邊笑著一邊剝一顆龍眼給小萬吃，她很仔細的將核取出來，把果肉放在小小的嘴裡，小萬很有滋味的咀嚼著，小小的臉孔發亮。通常吃到喜歡的東西，小萬就會有這種表情。她正打算剝第二顆龍眼，樓下鄰居匆匆來敲門，說是老婆快要生了，請海棠送他們去醫院。兒子正在睡覺，海棠對著講電話的阿鳳交代一聲，便出門了。路上的交通很擁擠，即將臨盆的產婦不斷呻吟著，一向篤定的海棠變得心煩意亂，她闖了一個紅燈，到醫院的時候發現自己兩手都汗濕了。

原來，那也是一種預感。

她還沒從醫院離開，兒子媳婦就把已經變紫了的小萬送到急診室來了。他們不知道孩子爲什麼忽然窒息，昏迷的孩子送進去檢查，醫生從孩子的喉管取出一顆漆黑的龍眼核，海棠的眼前也一片漆黑。

『孩子缺氧太久了，他沒成爲植物人已經很幸運了，但是，他的智力和身體機能都受到影響，這是不可避免的。』醫生做了最後的宣判。

海棠一直求醫生，她說她願意不計代價讓小萬動手術，不管花多少錢，她說她要那個健康的孫子回來，醫生告訴她，他們能做的也只是給小萬復健而已。

『妳為什麼要給他吃龍眼？』阿鳳跳起來吼她：『如果妳沒給他吃龍眼，他怎麼會把核撿去吃？』

海棠的太陽穴跳著痛，她好恨。她好冤。她好想問問老天，短短的一生，到底要跟她開多少次玩笑？她有苦說不出，喉頭梗著永遠取不出的厄運的黑核。

當她在醫院裡陪著小萬的某一夜，兒子和媳婦遁逃了。

她置身在空空的樓頂套房裡，有好半天以為自己在做夢。她不相信這種事再次發生，上一次是三十幾年前，那個叫做丈夫的男人，把屋子裡所有值錢的東西搬個精光，留下一屁股賭債和她肚子裡的一個小生命，逃跑了。

這一次，跑掉的是她的兒子，留下的是一個殘缺的小生命。

鄰居和其他的司機朋友都勸她，花一筆錢把小萬送去療養院，交給命運吧。都快要六十歲的人了，辛苦一輩子，怎麼還禁得起這樣的拖磨？

她把小萬帶回家去，連出車的時候也帶在身邊，她不能丟下這個孩子。她不相信命運會善待不幸的人，但她知道她可以和命運拉鋸，只要有她在的一天，小萬就一定得受到好好的照顧。

小萬的年紀太小，根本沒辦法做復健，於是，她把小萬帶來這個溪谷，讓孩子泡溫泉，在暖暖的溫泉水中，活動著孩子的手腳四肢，替他做按摩。

宋宋剛搬來的時候，看著小萬，她問：『孩子的爸媽呢？』

『在外面工作。』海棠總是這麼回答，不管是誰問起，她都這麼回答。

宋宋不再追問，但，海棠覺得她似乎是明白的。宋宋在巷子頭租一爿小舖子，開美容工作室，當海棠去跑車的時候，她便替海棠看著小萬。小萬雖然連話也說不清，但，他一點也不排拒宋宋，宋宋牽著他的手，他看起來很高興的樣子。

有一次，海棠到工作室去接小萬，小萬已經睡了，宋宋怔怔地看著他。海棠的手輕輕搭在宋宋肩上，宋宋忽然問：

『阿姨，妳這麼疼小萬，他知道嗎？他有感覺嗎？他曉得妳爲他付出了多少嗎？將來……他能回報妳嗎？』

海棠在宋宋身邊坐下，她說：

『我不想將來的事，我只要看著他睡覺，看著他醒來，看著他吃東西，看他長大，這樣就夠了。』

『他的爸媽到底什麼時候才會回來？』

『回不回來也沒什麼要緊……只要有我在，就好了。』

『小萬是不要緊，可是妳呢？誰照顧妳？』

『我沒有關係。』海棠深吸一口氣，搓著自己粗糙的雙手：『我可以照顧自己的。』

宋宋似乎還想說什麼，卻沒有說出來，只是嘆了一口氣：

『我覺得活著真的好累啊。』

吞下一整瓶藥，又割開自己的血管，宋宋就是這麼對海棠說的：

『妳不覺得……活得好累，好累嗎……』

天光漸漸明亮，溪谷中的霧氣仍未散去，朦朧之中，海棠聽見涉水之聲，然後，恍惚地看見一個強壯的男子的身形，橫抱著一個女人，輕輕地將女人放在溪水中，無比溫柔地。海棠的心虎虎地跳了幾下，她凝神望去，只是一對中年男女，互相扶攙著，踞坐進溪水中。他們也看見她，微微點了個頭，是常見的，也不寒暄，溪上需要的是安靜。

但，海棠清楚明白，抱著女人入溪的男人的影像並不是自己的幻覺，而是一個深深鏤刻在腦海裡的印象。

那一年，海棠只有八歲，下面有兩個妹妹一個弟弟，母親一直盼著再給父親生個兒子，便又懷上了。那一次看見的人都說，丘太太肯定要生兒子了，父親和母親特別高興，母親吃了許多東西，肚子大到隨時會崩裂。海棠不是沒見過母親生產，可那一次她覺得特別不安，疑懼地盯著那個大肚子瞧。

臨盆那夜，產婆忙進忙出，父親背著手走來走去，弟弟妹妹都睡了，在母親可怖的哀號中，海棠渾身插滿棘刺似的，清醒並且焦灼。她記得產婆的手臂爬滿鮮血，哭著向父親說著什麼，然後跪在地上，再也不起來了。她記得父親將母親裹在床單裡抱出門去，母親的黑色長髮全浸濕了，青筋爆起在她白色的頸項上。

父親抱著母親去醫院，天亮之後沒有回來，第二天也沒有回來，第三天仍沒回來。到了第四天，父親背著母親回來了。像背著一個布包袱。

父親的臉像是木雕的，他將母親放在床上，孩子們一擁而上，叫著阿母阿母，母親的臉上沒有表情，她好像特別經過清洗，一絲血色也沒有，眼珠子混濁而呆滯，雙唇微微張開。海棠湊近母親，仔細審視之後，她翻身下床拉住父親：

『我阿母是怎樣？伊是怎樣啦？阿弟呢？阿弟在哪裡？』

『阿弟沒了。』父親說：『阿母治不好了，伊一世人就是這樣了。是我害伊啊，是我害伊啊！』

父親在海棠面前屈身痛哭，海棠也嚇哭了。她不相信，躺在床上的是最會唱最愛笑，最寵小孩的母親。

父親繼續在學校教書，與海棠一起照顧母親，弟弟妹妹適應得很快，他們可以當做母親並不存在那樣的生活著，反正那個坐著或是躺著的女人，一點反應也沒有。海棠有時候會同母親說話，她會撒嬌的說：

『阿母，我今天背書背得最熟，老師稱讚我呢，他說聰明不是最成功的，要認眞努力才會成功。看！我很乖吧。』

說完了，她就把母親的手舉起來，貼在自己的臉頰上，然後很幸福的把臉緊緊捱著那隻手，感受著溫度。

她知道父親也會和母親說話，當孩子們都入睡之後，海棠聽過父親溫柔的和母親說起每個孩子的生活，也說家裡養的小豬和小鴨。

一年之後，媒人上丘家來了。那時正是戰後，海棠的父親在學校裡教書，算是一份安定的工作，媒人介紹的女人還沒結過婚，不嫌棄丘老師有四個小孩，也願意照顧失去知覺的丘太太，是一個很難得的好機會。媒人連屋子也沒進去，父親把人阻擋在門口，他說他已經有妻子了，多謝媒人的好意。和弟弟妹妹躲在豬寮邊偷聽的海棠，看見媒人失望的離開，她忽然衝出來，用力的抱住父親。

她有時候做夢，夢見母親康復了，他們一家六口，到常常去的溫泉與溪流的交會處泡溫泉。每個人身上都裹著一塊布，那是他們的浴衣。父親採下一朵朱槿，給母親戴在髮際，他們把溫暖的水高高撩起，潑到彼此身上，大聲笑著叫著。那是他們最快樂的溪谷，那是曾經有過的最快樂的時光。

海棠希望母親可以康復，她知道父親也希望，可是弟弟妹妹早已不抱希望了，他們在學校裡對同學說母親已經去世，父親知道了，深受打擊。

『反正她也不能說話，也沒有感覺，有什麼差別？』弟弟還和父親爭辯。

父親不打小孩，他把弟弟趕出門去，孩子們哭成一團。弟弟在鄰居家住了一宿，第二天，父親去鄰居家道謝，把弟弟領回來。弟弟一進門就直挺挺跪著，等待父親的責罰，父親把櫃子打開，取出好久沒用過的浴衣，給他們一人一件。

『海棠，帶他們去泡溫泉，到溪谷去，去玩吧。』

海棠帶著弟弟妹妹去溪谷，他們都是山邊長大的孩子，一入溪就快活，加上別的孩子也在溪谷裡，大家很快就鬧得難分難解，玩得不亦樂乎。

忽然，在溪水裡翻騰著猶如泥鰍一樣的孩子都停止不動了，他們一齊望向岸邊，海棠濕淋淋地從水裡浮起，她看見父親正橫抱著母親，走進溪谷，一步一步地，走進水裡面，父親自己穿著浴衣，也給母親換上浴衣。他將沒有知覺的母親放進水裡，海棠忽然明白了。母親一直都和他們在一起，他們還是一家人，一起泡溫泉的家人。

別人家的孩子紛紛上了岸，也不離開，只在岸上觀望。海棠首先迎向父親，幫著父親把母親安頓好，母親浸在溫泉中的肢體變得柔軟了，浴衣在水流中拂動著，像雪白的水草。妹妹也過來，圍在母親和父親身邊，然後弟弟從水上走來，他攬著母親，面向他的同伴們，勇敢的仰起他的臉。

『嗯，今天的水真舒服。』父親嘆息地說。

然後，他拍拍孩子們：

『去玩。我跟你們阿母在這裡看你們。去啦！』

弟弟嚷著，說要游蛙式給父親母親看，他靈活得像一隻小青蛙。妹妹們一直朝弟弟潑水，岸上其他的孩子在五分鐘之後也順利加入戰局，海棠看著父親，又看著母親，她知道，父親永遠不會放棄的，她知道她也不會。

父親後來常常抱著母親來溪谷裡泡溫泉，一邊替她運動四肢，按摩身體。那個強壯的、男人的身形，橫抱著自己心愛的女人，緩緩浸入溪水中的影像，竟成爲她一世人最有力量的安慰。

離開了東部的山陵與溪谷，許多許多年之後，沒想到命運再度將她送進一座溪谷，雖然不是相同的溪谷，卻是相同的命運軌跡。

宋宋把窗簾放下來，她蜷在沙發上，一動也不動。海棠把元氣湯倒出來，放在她面前。

『妳如果不想吃飯，就喝一點湯。』

『妳幹嘛要救我？』宋宋的長髮遮著半張臉：『我眞的不想活了！』

『妳先喝完，我們再講……』

『講什麼？有什麼好講的？我們根本就語言不通！我如果是妳，我會先毒死小萬，然後再自殺，這樣不生不死的活著，有什麼好？』

『誰說小萬不生不死？』海棠終於憤怒了：『他會好起來的。像妳這樣才是不生不死！』

『我是生、不、如、死——』宋宋哭出聲來：『我根本就在浪費生命！沒有人愛我，沒有人在乎我。我好痛苦！好痛苦——』

海棠在宋宋身邊坐下，她把宋宋的頭髮撥到一旁，宋宋倚在她懷裡，她靜靜地讓宋宋哭了一陣子。

『其實，我才是一個該死的人。那一年，我先生把錢都拐走，丟下我一個懷孕的女人，和一大堆債，我就該死了。可是我沒有死，因爲我要生下我的孩子，我帶著他搬走了，住在一家貨車廠的樓上，爲了生活，我學會開貨車，我還開過娃娃車，最後才開計程車。那一年，我兒子媳婦把我和小萬丟下來，我就該死了，可是我也沒死，我死了誰照顧小萬？誰愛他？我知道他憨憨的，一世人也不會有出息，可是，他是我的骨肉，我就是愛他。我要看著他長大，看著他愈來愈聰明，有一天他會認識字，會讀報紙給我聽……』

『妳只想著爲別人付出，妳得到了什麼？』

『把兒子帶大的時候，我覺得很快樂，那些年我活得很有希望。現在看著小萬慢慢長大，也很快樂啊。』

『妳有小萬。小萬有妳。我……是一個一無所有的人。』

『宋宋。』海棠扶起宋宋，看著她空洞的眼睛：『那時候我接妳上班，送妳回家，就知道妳是個好女孩。所以，我很希望妳能來這裡住，我是想說，這樣我就可以看著妳，好好的過生活。』海棠嚥下口水，下定決心的說：『我是想說，我也沒有一個女兒，妳又是一個人出門在外……』

『阿姨……』宋宋抱住海棠：『謝謝妳照顧我，我知道妳對我好，這個世界上只有我媽對我好，她往生之後……就是妳了。可是，妳對我好有什麼用呢？有時候我都好討厭我自己。』

『宋宋，妳長得很美啊，如果我像妳那麼美，我才不甘願死呢。我要看著很多男人為了我神魂顛倒啊……』

宋宋噗地笑起來，她抽出面紙擤鼻涕：『聽妳說這種話感覺好滑稽喔。』

『我常常覺得做一個女人眞是白費了，妳看我粗勇粗勇，沒有男人會爲我神魂顛倒的，倒是我用力一推，他們就顚倒了。』

宋宋笑得更厲害，她笑得累了，靠進沙發裡，幽幽地說：

『那時候眞的有不少男人爲我神魂顛倒，可是我偏偏就愛他一個，我只想跟他結婚，爲他生養小孩，我常常想著，我會做一個好老婆，會當一個好母親，等到我老的時候，要和他手牽著手在河邊散步。我覺得我會和他相愛一輩子的……爲什麼？這些明明應該都是我的，爲什麼會變成那個越南女人的？』

『我們都會有很多夢想的，有時候夢想也會實現，妳看我，我結過婚啦，也生養過小孩啦，結果又怎麼樣？』海棠自嘲地笑了笑：『妳會羨慕我嗎？』

宋宋認眞的注視著海棠：

『我羨慕妳。』

『少來了。』

『眞的，阿姨，我眞的羨慕妳。』宋宋想把話說清楚，可是不是那麼容易：『我有時候看著妳我就在想，這些年妳是怎麼熬過來的？怎麼妳都……不會懷疑？都不會放棄？好像遇到什麼事情妳都不害怕了……妳怎麼能變成這樣的呢？我常常覺得好害怕，好沒有希望，想到過去，想到現在，想到未來……不知道該怎麼辦，就想去死。』

『我以前也想過去死，現在啊，捨不得死了。我就是想好好的活著，反正壞事情已經遇到這麼多了，還有什麼好怕的？』

海棠的眼光定在一處，自言自語似的說：『眞的，還有什麼好怕的？』

宋宋開始早起，與海棠和小萬一起到溪谷裡泡湯，她說她從不知道海棠是這麼會享受的人。

『我以前和日本客人去飯店泡湯，一個人要一千多塊錢。如果住宿的話，要一萬多呢。那個溫泉啊，還不知道是眞的是假的？這個溫泉多純哪，阿姨妳眞的是太厲害了，怪不得天天活力十足。』

宋宋泡溫泉都穿著比基尼，她對於海棠的浴衣很好奇，海棠說他們從小就是穿這種衣服泡湯的。

『哇，妳小時候眞幸福呢，從小就泡湯。』

海棠笑笑，沒說什麼。

宋宋很熱心的教小萬很多東西，她說她發現小萬的學習能力很強，看她用刀叉也學著用，她對小萬充滿信心。

要送小萬入學了，海棠去看了學校和老師，都覺得滿意。老師說小萬的反應很不錯，看得出來家裡人都很用心的在愛他，在教他。

然而海棠發現開學那天，她答應了一個女客人送她去東部，那個女客人看起來似乎是有婚姻上的問題，從她的神情，海棠便理解了。客人拜託海棠一定要載她去，她拿了行李和一些重要的東西就走，不會太久的。看見女人迫切的祈求，海棠不忍拒絕。可是，她又很想送小萬去學校。

『妳去做善事，我來送小萬吧。』宋宋自告奮勇：『反正他的狀況我都很瞭解。』

『不好意思啊……』

『有什麼不好意思，我會告訴老師說我是小萬的姑姑，怎樣？不像嗎？』

海棠忽然顯出羞澀的樣子：

『我怎麼可能生出妳這麼漂亮的女兒？』

『怎麼生不出來？我覺得我愈來愈像妳啦。那個家具店的阿樂就在問，說我們這對母女感情怎麼這麼好？』

『阿樂喔……』海棠忍不住勾起深深的笑紋：『人家約妳好多次，妳怎麼都不答應人家？我看他人挺老實，生意也做得不錯啊。』

『我知道啊，所以啊……不急囉，看他有多少誠意？』

宋宋眼梢的喜氣流洩了整張臉，這是海棠好久沒見到的光彩。

海棠在院外停了好一會兒，女人仍沒有出現，有一刻，她真的有些擔心，會不會是女人脫不了身？還是談判破裂了？如果女人一直沒出現怎麼辦？她也想到宋宋帶著小萬去上學，會不會有什麼問題呢？小萬可以適應學校生活嗎？如果這孩子哭鬧著要回家，宋宋會怎麼處理呢？

女人忽然出現了，筆直的朝海棠的車走來，她的頭微微低著，看不出是喜是悲，但，很明顯地，她一件行李也沒拿出來。

『怎麼樣了？』海棠探出頭問。

『他說，他會改……』女人的眼睛潮潮地：『他求我給他一次機會……』說著，她的手指緊扣車窗。

『那妳決定……』

『我也不知道，讓妳等這麼久，真不好意思。』

『沒關係。』

就這樣，兩個女人僵持著。

『所以……』海棠終於打破沉默：『妳想要給他一次機會？』

『我……我們以前感情也是很好的，我想可能也是我不好，他看起來還是很愛我，我覺得……我不知道……』

海棠嘆息地：『那，我先回去了。妳慢慢想想，想清楚一點吧。』

女人算了車錢給海棠，一直說對不起對不起。海棠看著女人走進院裡的背影，這樣熟悉，像是自己，也像是宋宋。

她獨自開著車，竟轉到了幾十年前的溪谷，手機響起來，是宋宋的聲音，興奮得哽咽的聲音．

『阿姨，我跟妳說，妳真的沒有白疼小萬，老師剛才問他長大以後要做什麼，妳知道他怎麼說？我都沒聽過他一口氣說這麼多話，他說……』宋宋大大地喘了一口氣：『他長大要開車，孝順阿嬤。』

海棠的鼻子一陣酸，淚就洶洶地湧上來了。

『阿姨妳聽見沒有？妳聽見沒有？』

『有。』海棠抑住淚：『有聽見。』

掛上電話，海棠沒辦法繼續開車，她停下來。

緩緩下到溪谷，這裡並沒有太大的改變，一陣風來，彷彿仍能聽見孩子在水中的嬉鬧聲。她除去鞋襪，赤足走進溫暖水流中，這裡飄浮過母親宛如水草般的浴衣，浸泡過父親健碩的身體，她自己漸漸長大的心事，一切一切，最終都要流進海裡去的。

她俯身看著自己踩在水裡的一雙腳，厚實粗大的腳掌與趾頭，許多流水也沖不走的一雙腳，許多砂礫也不能阻礙的一雙腳，忽然之間，她感到驕傲。

芬芳側過頭，將臉埋在他的肩窩，無聲的落淚了。
他覺得芬芳的悲傷源源不絕地從體內流洩而出，
化為炙熱的淚水，洗滌著他被失落蛀蝕得虛空的身體。

芬芳

他的心忽然就亂了。

從主控室透過玻璃看見直播室外面，黃昏的色澤愈來愈濃鬱，天漸漸黑了。廣播電台在二十五層樓高，是這幢大樓的最高層，每天黃昏他都穿過直播室看著黯黯沉下去的天空，感覺著一天的光亮最後的經過。

他不是音控師，也不是主持人，卻是個很有經驗的企製。當主持人何月梅與政商名人連線，對於當天時事侃侃而談的時候，他便將雙臂環護在胸前，專注的盯場，盯著每個環節，也盯著何月梅。月梅對於他這個學弟讚譽有加，常在下節目之後，用指尖彈著他的肩臂說：

『有你在我就知道一切都搞定了。』

他只是微笑。

『當你的女朋友一定超幸福。』月梅低著頭穿鞋，長髮瀉進深深的乳溝裡：『什麼時候帶你女朋友來給姐姐瞧瞧嘛！怕什麼？我又不會吃了她。我一定會、很、斯、文、的。』

他眞的忍不住發笑。如果斯文，何月梅就不是何月梅了。

『有機會的。』他總是這麼回答。

當他和女友同居的時候；當他和女友分手的時候；當他和女友復合的時候；甚至當他們二度分手，他都是這麼回答。

有機會的。到底能有多少機會呢？

『喂！』廣告時間，月梅透過麥克風呼叫他：『阿符啊！你失魂啦！』

原來不僅是他注意著月梅，月梅也很注意他。

『我餓了。』他認眞的說，不想承認自己確實失了神，亂了心。

阿符自認是一個相當投入工作的人，沒有什麼人或事可以干擾他的工作情緒與熱情。可是，他瞞不了自己，他確實心慌意亂。

都是因爲那通電話：

『我不想拖累你，也不想耗下去了。我決定了，還是去賣好了，那些債反正得還，還了錢我就可以回家了。待在這裡不知道有什麼意思，你不用擔心了。那……就這樣囉。你多保重，掰掰。』

他聽得出這些話語裡微微的顫音，只是強作鎮定，其實很恐懼。那樣的憂慮有著極強的感染力，他覺得自己根本不該同意她去賣的，他應該阻止這一切。他眞的想要阻止的，可是，她那一句咄咄而來的問話，擊退了他：

『你別管我的事了，你到底是我的誰？』

他很快的退縮了，縮進自己的殼裡，雙臂環護在胸前，安靜的沉默了。

這是長久以來，他一貫選擇的姿態，他已經很習慣了。

六點五十分。

她已經開始賣了，那樣孤單的，一個人佇立在街頭。這個畫面令他的心緊緊綁住，幾乎就要斷裂了，他不得不張開口呼吸。

六點五十三分。

『不管你是不是覺得很生氣，還是很沮喪，今天你都不能做什麼了，那麼，在這裡奉勸大家，好好享受這個晚上吧。因爲啊，明天，你還得繼續生氣，繼續沮喪……』何月梅的Ending每次都令人哭笑不得，可是，大家就喜歡聽她的節目，覺得她說出了眞話，好過那些虛空棉花糖似的幸福幻影。

臨走的時候，月梅撂下一句話給阿符：

『多吃一點，看看能不能把你的魂給吃回來。』

七點六分。

阿符忽然覺得他再不能待在這裡了，他必須要去，至少去看一眼也好。他已經撥了許多次手機，都沒有人接聽，她一定是故意關掉了，她不想讓他動搖她的決心。但，他也已經下定決心了，他要找到她，他知道在哪裡可以找到她。

他們之間，便是從瘋狂的尋找開始的。

那一天，阿符正在爲馬上要上線的現場節目列印資料，他的手機突然響起，幾乎是反射性的，他接起手機：『喂？我阿符。』

對方遲疑了三秒鐘。

『阿福？』是一個女生的嗓音：『那……我可能打錯了。對……對不起。』

喀啦。電話掛上了。

阿符從同事手上接過一疊新聞稿，一邊打電話確認主持人月梅已經在路上了，近來她正在熱戀中，雖然甜蜜卻也迷糊起來。手忙腳亂中，手機再度響起。

『喂？』

『喂……』又是那個女生，他聽得出來：『我想請問一下，你是不是認識Theresa呀？』

聽見Theresa的名字，他忽然啞了。

Theresa是他的女友，他們三年前相遇，戀愛之後同居，然後分手，再相遇，復合，他以爲這一次可以成功的，Theresa卻向他提分手。

『我以爲我這麼愛你，我們是不可能分開的。可是，不知道爲什麼，就是不對勁，我想，很多事都已經改變了。不管有多努力，我們都不可能回到過去了。』

Theresa沒有哭泣，平靜的和他談分手。

他卻很想哭。

他知道有個男人在等Theresa，在他們分手的那段時間，是那個男人支撐著Theresa，默默爲她付出，現在，那些耕耘有了收穫。

這一次，他知道自己是徹底的失去了。於是，他才眞切的感受到痛。

『你是不是Theresa的男朋友啊？』女生急切的問。

『我們已經分開了。』這是他頭一次說出這句話，一出口就感覺到空。

『妳要找她的話，可以打她的手機，她的手機號碼是0916……』

『我打過了。她的手機已經停用啦，我就是找不到她才找你的嘛。』

手機停用？那就表示她確實已經離開台灣，去了大陸了。一段新愛情，一種新生活，一切重新開始。

『那，我實在幫不了妳的忙了。』阿符感受著深沉的陷落。

月梅正好走進來，穿著顯然是今年冬天最新上市的香奈兒，和大家打招呼。阿符急著掛電話：『抱歉，我正在忙……』

『你不能掛我電話！』女生尖叫起來：『把你的狗狗抱走好不好？』

『我的狗？我沒有狗。妳可能搞錯了吧……』

『都已經生出來了，你們又不要了。』女生的聲音聽起來快崩潰了：『你們這些人是怎麼回事啊？那個媽媽已經爲了生寶寶死掉了，你們知不知道啊？』

一道靈光閃過，他忽然想起來了，關於小狗這件事。似乎，曾經，Theresa和他談過這件事。

『如果妳喜歡，我們就養一隻吧，早晨我們兩個人和狗狗，可以一起晨跑。晚上呢，就一塊兒散步。』

『一家三口？』Theresa 微笑的看著他。

『一家三口。』他回答得有點澀滯。

阿符沒有太多時間應付女生，他抄下電話號碼，答應會回覆，匆匆衝進主控室。

回到租賃的房子，打開燈，便感覺到那種明晃晃的空洞。Theresa把自己的東西收拾得一乾二淨，這一回和上一回真的很不一樣，上一次她搬走之後，還留著牙刷與拖鞋，阿符每次刷牙都看見她粉紫色的牙刷，彷彿她剛剛刷完牙出門去了；當他穿上拖鞋，也會把她的拖鞋從櫃裡取出來擱著，彷彿她一會兒回來就會穿上的樣子。這一次，她扔掉自己的牙刷和拖鞋，再也不會回到他身邊了。

她搬走之後，鞋櫃、衣櫃、書櫃，處處都留下空隙，而阿符心裡的空隙，也齜牙咧嘴的裂著。他歪在沙發上，喝一罐冰啤酒，隨意轉換著電視頻道，這些深夜節目都是晚間節目的重播，如果生活也可以重播……為什麼竟連一次重播機會也沒有呢？

他看見Theresa穿著粉紅色睡衣，從廚房走來，彎身拾起他的啤酒罐，一邊關上電視：

『你又不想看電視，爲什麼不去睡呢？』

『妳還在怪我，對不對？雖然妳回到我身邊，但是妳還是忘不掉那件事。那時候我是眞的沒準備好，沒準備結婚，也不知道妳懷孕了……』

『我沒說過要你負責。』

『但妳不能原諒我沒有負責。』

『都過去了，還提它做什麼呢？』

『那時候如果妳沒懷孕，沒有流產，如果我機靈一點，感覺到妳的心情，或許，我們就不會分開了。』

『或許……就只是或許。』

『我沒辦法彌補妳了，是不是？』

Theresa的臉轉向門的方向，似乎在諦聽。阿符也聽見，由遠而近的鈴聲，他忽然心慌起來：『妳不要走！不要離開我，我會做給妳看，我會……』

他想拉住Theresa，卻發現自己與沙發黏著在一起，他起不來也動不了，狠狠一使勁，他從夢裡醒過來。鈴聲仍然炸響著，原來是他的手機。

『喂？』他接起來：『哪位？』

『是我。你的狗在我這裡。』又是她。

『小姐。』他瞄了一眼壁鐘，十二點半，這個女生還沒睡：『我必須和妳說明白，那個狗狗，是我以前的女朋友要買的，我一點也不喜歡狗，也沒打算養狗，所以，那不能算是我的狗。我真的很抱歉幫不上妳的忙！』

『如果你不想要狗，幹嘛讓凱莉生那麼多？』

『凱莉是……』

『狗媽媽。凱莉是一隻很漂亮的狗媽媽，牠本來很健康的，也很強壯，都是因爲要幫你們這些人生小狗才會難產死掉的。你們這些人卻要讓牠的寶寶也死掉！』

『妳不要這麼激動，我是……我眞的沒辦法照顧一隻狗。』

『你們付訂金的時候沒想過以後要養狗嗎？』

『付訂金？』這件事他是全然不知道的，Theresa原來曾經爲了買狗付過訂金，可見得她是很認眞的想過要買一隻狗，要和他好好走下去的。

女生聽不見他的反應，忽然緊張起來：

『我告訴你，我男朋友把訂金全拿走了，他連我的錢也都拿走了，我不可能把訂金還給你的，你想都別想！』

『我沒想過要拿回來。』他只在想Theresa當時的心情。

『我知道你一定會覺得我很煩，可是，我也是沒辦法的，我總不能把狗狗丟在路邊吧。』

女生的聲音聽起來可憐兮兮，阿符嘆了一口氣，同是天涯淪落人。

『那個……狗狗是什麼品種？』

『黃金獵犬。』

他記起來了，自從說好要養一隻狗狗，Theresa和他走過公園，就會指給他看，氣宇軒昂的黃金獵犬，那可是一種大型犬啊。但他常常把拉不拉多和黃金獵犬認錯，牠們的體型和毛色那麼相似。

『狗媽媽……我是說凱莉，生了多少隻小狗啊？』

『十四隻。』

阿符嚇了一跳，沒想到狗那麼會生。他只養過一種寵物，就是巴西龜，後來被弟弟倒進抽水馬桶沖走了。他們兄弟倆大幹一架，他把弟弟的眼角都打裂了，經過這件事，他對自己起誓，再也不動手打人，再也不養寵物了。

『十四隻狗狗都送出去啦？』

『死掉六隻，送出去六隻，現在還有兩隻，在我這裡，你和另外那個人都不肯要狗狗，我真的不知道要怎麼辦……』

『妳可以把牠賣給別人，或者是送給其他人。』

『我在這裡沒認識什麼朋友，而且，如果是不愛狗的人，那，狗狗不是很可憐？』

『要不然，我幫妳問問看，誰喜歡狗又想要養狗。好不好？』他知道自己沒必要，卻覺得脫不了干係，得負一點責任。

『你眞的不要啊？』

阿符苦笑：『我也不愛狗。』

『可是，你的聲音聽起來是一個好人，把狗狗交給你，我比較放心耶。』

『我會努力找到一個愛狗的好人，養妳的狗狗。』

『不是我的狗狗，是你的狗狗。』女生固執地說。

阿符以爲他可以忘記 Theresa，重新開始生活，卻因爲狗狗的事，那些往昔像鬼魅似的潛回來，纏住他，在夢寐之間。他和 Theresa 同住了幾個月，正好轉換工作，夜以繼日的投入，有意忽略掉 Theresa 的不滿和怨懟，結果，Theresa 向他提出結婚。這眞是完全出乎他的意料，他以爲她應該會提分手的，而他完全沒有結婚的準備。

『我想，我們應該冷靜的好好想一想，再決定，未來該怎麼走。』他困難地說著。

Theresa注視他，用沒有溫度的眼神，看著一個陌生人。

她離開他，悄悄做了人工流產，他在幾個月之後，遇見她的一個朋友，那個朋友指責他不負責任，他才知道Theresa經歷了什麼事。懷著深深的愧疚，他重新追求她，這一次他竭盡心力，把她放在第一位。

他們復合了。然而他覺得Theresa變成一個不同的人，她時時陷入自己的思緒裡，對他幾乎全無要求，偶爾表現出疏離的客氣。

他感覺到兩個人同在的屋子裡，仍有著無可彌補的空洞，Theresa也感覺到了，於是，提議養一隻狗，就可以過『一家三口』的生活了，只是，一家三口，這句話令他有些刺心。

阿符開始打電話到處問，有沒有人想養狗？

『是賣的還是送的？』大家都考慮到實際的問題。

他只好打電話給那個女生，電話始終無法接通，他有點不安心，那個沮喪的女生會不會發生什麼事了？她會不會狠心把小狗丟在路邊，一走了之？

兩天後當他終於接到女生的電話，掩不住的興奮，雖然當時是午夜兩點多。

『你什麼時候可以把狗狗帶走啊？』女生的聲音聽起來好像哭過了：『牠們一直吵，我已經一個多禮拜不能睡了，我眞的受不了了啦！』

『我還在找人養狗狗，牠們爲什麼一直吵？是不是沒吃飽啊？妳有沒有餵牠們吃東西啊？』

『有啊，每四個小時就餵一次，可是，不知道爲什麼，牠們嗯嗯嗯的一直叫，好像很難受的樣子。我也撐不下去了，渾身都不舒服，好像快要死掉了……』哽咽的聲音：『……你，可不可以幫幫我？』

阿符和她約好在小公園附近的7-11見面，他買了一罐咖啡，走出來，便看見了那個女生。女生瘦伶伶的，穿著低腰牛仔褲，套一件寬鬆的T恤，用頭巾將頭髮全部束起來，日光燈下看起來很蒼白，眼睛下面淡淡的暈陰。

『嘿。是妳吧？』

『嗯。是我。謝謝你願意來，幫我……』她說著蹙起眉，忍抑著淚水。

『呃。』阿符連忙遞上那罐咖啡：『要不要？』

『謝謝。』女生接過來，把熱咖啡握在兩隻手掌之間，她忽然很有感觸的輕微顫慄了一下：『好暖和。』

阿符看見了她的反應，有些不忍，他很振奮的對她說：

『我叫符思年，大家都叫我阿符。』

『原來你姓符啊。』女生笑起來：『我還以爲你叫做阿福，福氣的福。』

『我該怎麼稱呼妳？』

『我是芬芳。』

『芬芳，狗狗在哪裡呢？』

芬芳帶著阿符上到公寓頂樓，加蓋的小套房。雖然阿符每天都在二十五層高樓上班，可是他從不需要爬樓梯，好容易登上三樓，他扶著牆大口喘氣。芬芳已經爬上四樓了，探下身子望著他：

『你還好吧？需不需要氧氣筒？』

他搖搖頭，拚命追上芬芳。

『我已經三十歲了，和你們這些二十出頭的不能比了。』他氣喘吁吁地，跟上芬芳的腳步。

『我十九歲。』芬芳說。

推開一扇門，桂花香味撲面而至，在屋頂花園的中央，有幢小小的屋子，點亮著一盞燈。屋子很舊了，但，就因爲那盞燈光，感覺很舒適。

屋子裡收拾得還算潔整，一張雙人床，幾個透明的置物箱，小小的桌几，雙人座的小型沙發。沙發邊放著一個中型的瓦楞紙箱，芬芳帶著阿符走過去，彎下腰：『狗狗在這裡。』

阿符探頭看見兩隻小狗貼著身子伏睡著，大約是兩隻手掌一捧的大小，有著金黃的毛色，牠們睡得並不安穩，其中一隻嗯嗯地叫著，另一隻也叫起來。

『牠們就這樣……每天晚上都這樣。』

『那……怎麼辦呢？』

芬芳伸手抱起一隻小狗，像抱著嬰孩似的抱在胸前。阿符才看見小狗的臉孔，像玩具一樣圓圓的臉，黑色的潮潮的圓鼻頭，蹭著芬芳的臉，他脫口而出：『好可愛。』

『給你。』芬芳將懷裡的交給他，又去抱另一隻。

『我，我不行……』他一面說著，一面接過來，這麼小的狗，也有著生命的重量。他謹慎的抱著小狗，生怕不小心摔了牠。

兩隻小狗都安靜下來了。

『每天晚上，我都輪流抱牠們，我想，牠們一定是很想媽媽。』

芬芳告訴阿符，凱莉懷孕的時候照過胎兒，有十四隻。她的男朋友阿資找到十四個買主，並且先收了每個人一萬元的營養費。結果，他收了錢就跑了，丟下凱莉和芬芳。芬芳沒有養狗的經驗，凱莉臨盆那天，手忙腳亂，好不容易生完十四隻，卻還哀叫不已，非常痛苦的樣子，天亮之後，芬芳帶凱莉去醫院，才知道她的肚子裡還有一隻已經死掉的小狗，當初也沒照出來。

『凱莉流了很多血，牠在醫院裡死掉了，我，我一直想救牠，牠看著我，求我救牠，牠的眼睛裡有眼淚，我只能哭，除了哭……什麼也不能做。』芬芳低下頭，她的鼻尖紅紅的。

『我眞的想不通，阿資怎麼能夠就這樣丟下我跟凱莉呢？那時候我認識他，看著他和凱莉在公園裡玩，看著他抱著凱莉的樣子，我心裡想，這麼愛狗的男人應該是很可靠的男人吧……老是看錯人！』

『其他的小狗呢？』

『我從醫院回來，那些小狗看起來都不太對勁，我又把牠們全部帶去醫院。有六隻……死掉了。醫生很好心，把小狗留在那裡，剛好有一隻大狗剛生完小 Baby，就把我們的小狗混在裡面一起餵，直到牠們的眼睛都睜開，也斷奶了。我找到六個想買狗狗的人，他們帶走狗狗，付給我的錢，正好還給六個付過訂金的人。你也算是倒楣的人啦，我之前打電話給Theresa，一直沒打通，否則，你可能是把訂金拿回家的六個人之一吧。』

『這都是命。』

『現在就剩下這兩隻，已經快要滿月了，牠們長得好快喔，吃得愈來愈多。』

『另一個買主呢？』

『他是做生意的，聽說凱莉死掉了，覺得小狗不吉祥，他不想要了，連訂金也不要了。他叫我把狗狗賣去寵物店。』

『那妳爲什麼不賣去寵物店呢？』阿符忽然看見一線生機。

芬芳說她去寵物店看過了，他們把小狗裝在很小的籠子裡，怕牠們長得太快就不可愛了，不可愛就更難賣了。芬芳說黃金獵犬可以賣到三萬元一隻，她說她只想賣兩萬元，能夠付獸醫的錢和積欠的房租就好了。她說她的電話因爲沒繳錢已經被切斷了。

『怪不得我都找不到妳。』

『你找過我？你找到愛狗的人了？還是你改變主意了？』

阿符搖搖頭，芬芳頹然的將狗狗放在膝上，他們兩個人都沉默下來。

『你跟你的女朋友，爲什麼分開？』芬芳喝了一口咖啡問。

『她找到比我好的人了。』

『你不怨她？』

阿符搖搖頭。

『爲什麼不怨？』

『我希望她過得幸福。』

『眞的？』芬芳盯著他：『我還以爲你不愛她呢。』

阿符嚇了一跳。

他忽然想起他們復合之後的某一夜，Theresa在深深的夜裡，注視著從夢中醒來的他，並且說：『其實你不愛我了，你只是愧疚。是不是？』

他睡得迷迷糊糊的：『妳說什麼？』

Theresa不再說話，翻個身背對著他，睡去了。他愣了一下，看著銀藍色的月光映照著的房間，懷疑自己在做夢。

『我很恨阿資！』芬芳自顧自的說：『我恨他欺騙我，欺騙凱莉。最恨的是他欺騙凱莉！我只和他相處了三個多月，可是，凱莉和他生活了三年多。他知道我根本一點也不懂得怎麼照顧狗狗，我只養過蠶寶寶，而且一個繭也沒結成。』

阿符想到他的巴西龜。

『阿符！你常上網嗎？』

阿符點頭。

『我們到網路上賣狗狗，好不好？』

『那是犯法的，不好吧。』

『犯法，犯法！爲什麼拋棄狗狗，拋棄女朋友的人不犯法？』

『芬芳，妳不要急，我會去找人來買狗狗的。』

『那……你可不可以找兩個人買狗狗？我想，你認識的人比較多，應該有很多機會，對不對？』

阿符試著把小狗放下來，才剛離手，小狗就嗯嗯的叫起來，他趕忙又捧回手上，終於可以體會芬芳的辛苦了。

天亮之後，阿符才離開芬芳那裡，他出門之前問芬芳：

『狗狗叫什麼名字？』

『我沒取名字。』

『怎麼不取個名字呢？叫起來方便啊。』

『取了名字，就會有感情。我不想對牠們動感情。』芬芳倔強的說。

阿符很快就幫芬芳解決了狗狗嗯嗯叫的問題。他向一位常上節目的獸醫求教，醫生教他用毛巾包裹著鐘放在箱子裡，滴滴嘀答答的聲音與母狗的心跳聲類似，狗狗可以安睡了，芬芳的焦慮也暫時紓解。阿符爲狗狗送去一些幼犬飼料和奶粉，雖然芬芳沒有說，但他知道她的手頭很緊。爲了狗狗，他和芬芳幾乎每天都通電話。

月梅要請半個月的假，和男友前往歐洲，臨行前，她主動問起狗狗的事：『你知道我很喜歡狗的嘛！尤其我男朋友最愛大型犬，我一直想養黃金獵犬，你怎麼不問我啊？』

月梅說她已經有一隻雪納瑞了，如果家有兩隻犬是不吉利的，所以，要養就得養兩隻黃金獵犬。阿符簡直是喜出望外，他答應在月梅出國的這段時間會好好照顧狗狗，等著月梅回來，正式把狗狗帶回家。

阿符在第一時間打電話給芬芳，芬芳在另一頭尖叫，她好像又哭了，但因爲她從沒在阿符面前哭過，阿符也無法確定。

他們約了在麥當勞碰面。神采奕奕的芬芳帶著兩隻狗狗一起來，把牠們裝在一個小箱子裡。睡了幾天好覺的芬芳完全沒有上妝，臉上漾著明潔的光亮，她穿著緊身長袖上衣，雖然瘦，卻瘦得曲線畢露，竟有些性感的風情，性感而且無敵青春。

阿符請芬芳吃早餐，芬芳點了最愛的鬆餅。她專注的嗅聞著熱騰騰的鬆餅香氣，全心全意享受的表情。吃了幾口，她把狗狗捧到阿符面前：

『阿符哥哥送來食物之後，把我們養得胖嘟嘟的喔。你看，你看……』

『哇！』兩隻狗狗像毛線球似的，阿符讚嘆著：『眞的好胖啊，分一點奶粉給芬芳姐姐，讓她也胖一點吧！』

『我就是吃豬飼料也不會胖的啦！嫉妒吧？』

阿符想到自己日益增加的腰圍，深深吸一口氣，改變話題：

『十五天之後，牠們就會有一個新家了。』

芬芳低著頭吃一口鬆餅，她拭了拭嘴角，忽然說：

『我覺得，我們應該替牠們取名字。』

阿符以為自己聽錯了，他看著芬芳想要確定她的意思。

『雖然只剩下十五天，可是，我們養過牠們啊，以後提起來連個名字都沒有，多奇怪。你的女朋友離開了，你還知道她叫做Theresa，我的男朋友落跑了，我還知道他叫阿資……』

『這樣啊？』阿符想到取名字和動感情這樣的說法，然後又告訴自己，只動十五天的感情，不會有什麼害處吧。

『這樣好了。一隻叫阿壽，一隻叫阿祿。你們三個走在一起，福祿壽都到齊了。』

『也俗斃了。』

『好嘛，那……取一個可愛的名字，比方說，巧克力啦，或者是桂圓啦……』

『妳那隻叫做鬆餅好了，牠的顏色很像鬆餅啊，妳又愛吃鬆餅。』

『好啊！嗨，鬆餅鬆餅，嗯，你好可愛喔。』芬芳興奮地抱起鬆餅又親又揉，抬起頭，看著阿符懷裡的另一隻：『吃鬆餅一定要配蜂蜜的嘛，你的就叫做蜂蜜好了。』

『蜂蜜……』

『鬆餅和蜂蜜，你們兩個要相親相愛喔。以後到月梅媽媽家，要乖乖聽話，知不知道？』

阿符和芬芳帶著鬆餅和蜂蜜出門去，總是引來此起彼落的驚歎聲，『天啊好可愛喔！』『怎麼那麼可愛啊！』

有一天，芬芳抱著鬆餅在人潮洶湧的街頭等候阿符，阿符遠遠便見到一個男人與芬芳搭訕，芬芳抱緊鬆餅，窘迫得想逃跑。阿符一邊朝她跑去，一邊大聲喚：『芬芳！』

芬芳拔腿向他飛奔而來，一臉驚惶。

『什麼事？他有沒有對妳怎樣？』

『他要買鬆餅。我跟他說不賣的，這是我的狗。他還一直勸我賣……』

原來是這樣。阿符想到了動感情這樣的事，他隱隱覺得芬芳已經動了感情了。

那一天，他們在公園裡坐了一個下午，鬆餅和蜂蜜就在他們面前翻滾著，磨蹭著，只有在太過興奮的小朋友圍過來的時候，阿符和芬芳才會停止談話，留神戒備。也是在那一天，芬芳告訴阿符，她是從家裡逃出來的，白天在便利商店打工，晚上唸夜校，學的是會計。她很喜歡損益表與數目字，對於做帳有高度狂熱，她希望未來有一天，可以成爲一個會計師。

『我以前很不愛唸書的，後來看見我媽一天到晚和我爸吵個不停，爲的都是錢的事，我就在想，我將來一定要有一技之長，才不會天天缺錢，被錢牽著鼻子走。可是……我現在還是欠了一屁股債。』

『等到月梅姐回來，妳的問題就解決了，不用再擔心了。』

『其實，我現在不太擔心這件事了。』

『那，妳擔心什麼？』阿符發現自己的聲音非常溫柔。可能是因爲天色漸漸暗下來了，空氣裡浮動著似有若無的桂花香，這香味也可能是來自芬芳身上的，他還記得她住的地方就在桂花深處，那裡總亮著一盞暖黃的燈。

『我擔心……我永遠得不到幸福了。』芬芳說得平靜，但很悲傷。

『爲什麼這樣說？』阿符覺得詫異。

『我想，我的眼睛看不見好男人。我很小的時候就盼望自己快點長大，盼望遇見一個喜歡的男人，和他戀愛、結婚，生小孩，天天生活在一起。但是，我老是碰不見這樣的男人。遇見阿資的時候，我以爲他是這樣的男人，他跟別人玩股票，虧了不少錢，我努力打工，存錢，不讓他煩惱，結果，他只把凱莉當成斂財工具，連我的存款也都拿走了。凱莉難產的時候，我抱著牠一直哭一直哭，我求牠不要死，我求牠一定要撐下去，牠流了很多血，我想牠一定很痛苦，可是，牠還舔著我的臉安慰我……牠一定知道我有多害怕……』芬芳將身子緊緊縮成一團，她的聲音小到幾乎不能辨聽，阿符聽見她說：『我已經分不出到底是凱莉還是我自己……』

那一瞬間，阿符尖銳的悸動了，這樣的告白是他不曾聆聽過的，Theresa不會對他說這些，很多事她都不說，她表現出來的多是理性平和的優雅，曾經，阿符以為自己會愛上她，就是因為她看起來從無偏差，也不會傾斜。

可是，芬芳的坦白與無措是那樣眞實，痛苦和恐懼強烈的感染著他。他什麼話也沒說，只是貼靠著芬芳，伸出手臂環抱住她的肩膀。又一次，他感到芬芳的顫慄，芬芳側過頭，將臉埋在他的肩窩，無聲的落淚了。他覺得芬芳的悲傷源源不絕地從體內流洩而出，化爲炙熱的淚水，洗滌著他被失落蛀蝕得虛空的身體。

芬芳迷上了一種『只剩下十天』、『只剩下八天』的遊戲，她天天數著月梅回來的日子，也數著與鬆餅和蜂蜜相處的日子。

『你以後會不會想念呢？』她問阿符。

『想念什麼？』

『想念鬆餅和蜂蜜，想念這一切啊。』

應該是會想念的，他想念與芬芳帶著狗狗出去，像是很有關連的兩個人；他想念與芬芳共有著兩個生命的親密感；他想念爲鬆餅和蜂蜜調奶粉泡軟狗食，就像在哺育著自己的小孩；他想念蜂蜜舔完芬芳的臉，濕濕的舌頭又來舔他；他想念他們爲狗狗洗澡，洗得兩個人身上都是肥皀泡……

『我不知道。』他是這樣回答的。

有一個他渴望接近，另一個他懼怕親密。

『只剩下一天了。』芬芳宣佈。

阿符點點頭，什麼話也說不出。

『我很羨慕你，你以後還可以看見牠們，我卻再也看不見了。』

『如果妳很想念牠們，我可以帶妳去月梅姐那裡看看的。』

『看有什麼用？牠們一定會忘記我了。』芬芳很消沉。

『忘記了，就可以開始新生活，也沒什麼不好啊。』他企圖安慰芬芳。

芬芳抬起頭，眼眸裡的光閃了閃，似乎有什麼話想說，卻沒有說。

月梅回來了，她的眉梢眼際全是春風，很興奮的向大家宣佈好消息，說自己已經和男友訂婚了，他們決定買新房子，好好裝潢，三個月之後結婚。然後，月梅把阿符拉到一邊，有點爲難地：

『你知道的，要辦婚事，忙得不得了，我和我未婚夫商量過，我們倆都覺得在這個時候，我們得好好適應有彼此的生活，這已經夠受的了，我們倆的世界完全不一樣，所以……』她喘了一口氣：『我們實在沒辦法照顧狗狗了。』

阿符的腦袋發生了小型爆炸，他掙扎地問：『妳的意思是……』

月梅點頭，她說：『很抱歉，不是因爲錢喔，錢不是問題，是時機，時機不對！』

阿符頭重腳輕的走出電台大廈，一陣狠勁的冷風襲來，差點把他吹得往後退。他忽然領悟到，冬天來了。

面對著芬芳，他不斷組裝著詞彙，要怎樣才能將傷害降到最低，於是，他沉默了好久。芬芳也很安靜，她將鬆餅繫上紅色領巾，蜂蜜繫上藍色領巾，簡直就像兩個玩偶一樣可愛。

『什麼時候要送去月梅姐那裡呢？』芬芳問。

『芬芳。』阿符知道必須要說了：『我想，我們要去找別的人來養牠們了。』

『為什麼？』

『月梅姐要結婚了，沒辦法養狗，所以她……』

『她不要牠們了？』

『我想我們要再找人……』

『啊——』芬芳尖叫。

阿符閉住嘴，看著她皺起來的臉，這時候她若是崩潰好像也很應該。芬芳又叫了一聲，這聲音裡有著歡快的笑意，阿符聽見她邊笑邊叫。

『太好了。她不要牠們，牠們就可以留下來了！眞是老天有眼，我根本就不想把牠們送走了。我們不要把牠們送走，我們自己來養牠們，牠們是我們的狗狗，鬆餅是我的，蜂蜜是你的。本來就是我們的！』芬芳興奮到雙頰紅潤，雙眼晶亮。

阿符怔怔地望著她，好不容易才掙出一句話來：

『我們不能養牠們的。』

『為什麼不能？我們可以養牠們十五天，就可以養牠們十五個月，十五年，我們當然可以……』芬芳的笑容消退，她看懂了阿符的表情：『你不想養？你還是不想要……』

『妳的債務怎麼辦？』阿符必須善盡職責的提醒她。
『我會解決的。我可以先用現金卡去借，我會很努力的打工，賺錢，我可以先休學一年，總會有辦法的。』
『妳說過，不會對牠們動感情的。』阿符不得不冷酷。
『我不是……動感情，我……』芬芳混亂了，也深深受挫了：『我只是因爲牠們是凱莉的小孩，我不能把凱莉的小孩扔下來不管……而且，我，我眞的很喜歡牠們，你不喜歡嗎？』她坦然的眼光直直注視著阿符。
『一定有人比我們更適合……』阿符不想正面回答她的問題。
『這不是適合不適合的問題。』芬芳迅速打斷他：『我愛牠們！在這個世界上，沒有人比我更愛牠們，所以，沒有人比我更適合養牠們。』
芬芳的眼裡有著如同鑽石一般堅定的光芒，阿符暗自嘆了一口氣。
『阿符。』芬芳溫柔的要求：『我需要你幫忙，我們一起來養牠們，好不好？』
阿符環抱住雙臂，他靠進椅背，尋到了一個支柱似地，他蹙起眉：
『沒可能的。一開始，我就說過了。』
芬芳的臉面抽搐了一下，像被鞭子掃過，她垂下眼睛：

『你連考慮都不考慮……』

『我希望……對大家都好。』

『大家是誰？你知道別人的感受嗎？』芬芳倉皇的神色，讓阿符不忍面對。

服務生過來加水，沉默在他們之間，像水一樣漫溢開來。

『芬芳，我會想辦法找人養蜂蜜……』

『牠們是我的狗狗。我會想辦法的，不用你麻煩了。』

『就算是妳的狗，我也可以盡點心。』

『你別管我的事了，你到底是我的誰？』芬芳抱起狗狗，絕然的離去了。

大約有一個禮拜，阿符與芬芳斷了消息，然後，阿符在手機聽見這樣的留言，芬芳說她要把鬆餅和蜂蜜賣掉，還了債回家去。她爲什麼要回家？她說過她是從家裡逃出來的。她爲什麼決定賣掉狗狗？她說過她愛牠們的，牠們是她的狗。

阿符搭上捷運往電影街行人徒步區趕去，他的第六感引導他往那裡去，曾經，芬芳在那裡遇到一個男人，纏著她要買鬆餅。他也常常見到有些人在那裡賣貓啊、兔子啊，松鼠什麼的，警察來取締的時候，一閃身就躲進人群裡，是很好的掩護。

他穿越人群，四處尋找芬芳，這一個禮拜來，他想了很多，也明白了性格裡的遲疑和逃避，全是因爲沒把握。他對自己沒把握，沒把握能爲另一個人負責，沒把握能成功經營一種關係，反正他有工作做爲盾牌。但是，這些日子以來，他遇見芬芳，遇見兩隻小狗，他們需要他，並且明白宣告了這種需要，於是，他承擔了他們的需要，一個女生和兩隻小狗，然後發現，沒有想像中的困難。他心裡是貪戀著在一起的那種歡樂的，這貪戀太明確，明確到他想逃避。

看見一群人圍成一個圈圈，阿符屏住氣息，他知道，芬芳就在這裡。兩個從圈圈中擠出來的女學生，吱吱喳喳的從他身邊經過：『好可愛喔，好想偷偷買回家養。』『拜託，一萬多耶，怎麼買得起？』

他擠進去的時候，正好看見芬芳將一隻小狗交給一對男女，那對男女如獲至寶，在眾人豔羨的眼光中，抱著狗狗離開。

『芬芳！』他出聲，迫切地呼喚。

芬芳緊緊抱著蜂蜜，費力的抬頭看他。她渾身發抖，咬住嘴唇，無助的、迷惘的看著阿符，好像過了好久才認出他來。

『阿符……』她乾乾地叫，伸出手，攢住他的外套：『我把……鬆餅賣掉了！我捨不得牠，我不想賣！我眞的不想……』

『我們不賣！芬芳。我們不要賣了！』

芬芳不可置信的盯著他看，蜂蜜已經忍不住舔上阿符的臉，這一舔，不知怎地，舔得阿符泫然欲淚。

『把錢還他們！』芬芳將錢塞進阿符手裡：『我要我的鬆餅！』

抓著一把鈔票，阿符拔足狂奔，他知道他這輩子沒幹過這麼瘋狂的事，他懷疑這輩子不會再幹這麼瘋狂的事了。他追上正在等紅燈的買主，迭聲的向人家賠罪道歉，他說這隻狗不能賣，如果賣了這隻狗，他會永遠失去喜歡的那個女孩。他不知道自己爲什麼這麼說，是爲博取同情？還是說出了眞正的心聲？他已經無法分辨了。他請求他們給他一個機會，他從來沒想過會請求陌生人給他機會。

綠燈亮起來，買主手牽手過馬路了，阿符仍站在原地，鬆餅舔著他，毛茸茸的頭蹭著他。他站著，久久無法移動，然後，他聞到桂花的香味，從身後而來，愈來愈近，他不用回頭便知道，這芬芳是來自於芬芳的。

他喘息著，微笑了。

浪漫愛的困境

——在童貞與婚姻之間的流浪

【台北醫學大學醫學人文研究所副教授】侯文詠

一、浪漫愛與羅曼史

似乎除了題目都與『花』有關之外，張曼娟的《芬芳》說了七個不同的愛情故事。乍看之下，故事之間並沒有太多的關連，不過當我們讀到〈火燄百合〉故事中，一對戀人由於擔心被現實拆散，預設了『送妳一朵百合花』代表『我依然愛妳』秘密暗語時，『花』作爲某種超越現實的『浪漫愛』的隱喻立刻清楚地浮現。無疑的，張曼娟的故事（不管主角是男、是女）是絕對的女性觀點，更神奇的是，如果我們用女性追尋『浪漫愛』的概念來看待貫穿在這七篇不同的故事之間『花』的意象時，一個更大的脈絡也就呼之欲出了。

英國社會學家紀登斯（Antony Giddens）曾經研究十九世紀的羅曼史小說中浪漫愛的意象，他指出：

> 浪漫愛假設了心靈的溝通，兩個靈魂相遇相合，所有互補的特質。浪漫愛滿足了個人的一種缺憾，一個本身可能不一定察覺到，直到愛的關係開始後才體會到的缺憾。而這個缺憾直接關係到自我認同：就某種意義而言，個人的缺憾因著浪漫愛

而完整了。

浪漫愛將激情愛轉化爲一組朝向超越的特殊信念和理想。浪漫愛或許以悲劇收場，或許踰越常規，但它也同時導致勝利，征服了世俗規範及妥協。這樣的愛情在兩種意義上指向未來。其一，情絲緊繫，把對方理想化。其二，浪漫愛勾勒出未來的遠景……

換句話說，除了浪漫的氛圍外，浪漫愛它還建構了傳統女性對於未來的美好想像：自由、解放與穩固的親密關係。而這樣未來，在傳統的羅曼史中，完美『情歸何處』的結局往往指向婚姻、家庭與生育。浪漫愛成功地提供了意義，中介了一個女性從童貞的『女孩』進入婚姻中『女人』過程的美好想像，同時也提供了鞏固家庭、穩定經濟社會發展的意識形態。從這樣的角度來看，羅曼史的概念能夠取代舊式社會中婚姻分工與經濟生產考量，化身爲當代婚姻中最重要的核心概念，其實是不難想像的。

張曼娟的小說，固然繼承了『羅曼史』小說的某些優良傳統，但讀者如果抱著閱讀傳統羅曼史小說的預期來閱讀這些小說，恐怕只會落得更坐立不安的下場。從某個角度來說，張曼娟這些小說寫的固然仍是『浪漫愛』的主題，可是隨著時代的變遷，這些『浪漫愛』的處境困難重重，它們不但不再有說服力中介『女孩』進入婚姻的『女人』，它甚至還宣示了從『女孩』到『女人』之間自我認同的斷裂。

要說張曼娟的小說更接近『寫實』主義其實也無可厚非，可是嚴格來說，它又不那麼地寫實。這恐怕是閱讀張曼娟這些小說最有趣也是最吊詭的部分——它用一種看似『羅曼史』的包裝，書寫著其實是『反羅曼史』的內容。

二、時間：焦慮的動力

如果沒有時間作爲推動，所有浪漫愛的困境或許不會那麼迫切。在〈指甲花〉這篇短篇小說中，『女孩』必須進入婚姻狀態『女人』的焦慮感，一開始就被時間清楚地標示出來：

> 我就要滿二十九歲了。
>
> 那一年在鎮瀾宮裡爲自己許下的誓言，看起來愈來愈不可能兌現了——我會在二十九歲之前，把自己嫁出去。
>
> 那時候沒想過會這麼困難。
>
> 眼看再過半個月，就要二十九歲了……

故事中擔任美甲師的女主角原本有男朋友，並且已經進入了『性』交往的階段。根據作者的描寫，女主角與男友邁克的『性』關係，原本是一種自由、愉快，沒受到規訓的狀態。

我帶他回我的家，他溫柔的親吻我，替我洗澡洗頭，溫柔的和我造愛，我的確聽見許多聲音，看見許多色彩。

但，他不能和我結婚，因爲他已經結過婚了。

社會變遷的結果，使得『性』漸漸從婚姻解放出來。愈來愈多女孩最初、或者是最美好的『性』經驗並非來自婚姻。『浪漫愛』與『性』的結合，有別於傳統『婚姻』與『性』的結盟，在現代社會漸漸取得更多的正當性。這樣的解放，固然提供了女性自主的空間，然而當這樣的自主必須面對『可期待的未來』這樣的想望時，其實是非常挫折、無力的。

包括〈指甲花〉的美甲師，〈櫻花祭〉的雅典，〈海棠溪谷〉割腕自殺的宋宋……她們喜歡的男人要不是已婚，就是娶了別的女人，儘管她們和這些男人上床，可是『性』關係卻一點也不保證女性『可預期的未來』。

既然如此，針對『可預期的未來』交往的對象又如何呢？再回到〈指甲花〉的情節，我們在美甲師苦心積慮交往並且『差點就要成功』的阿林身上發現：

我把他帶回我的房，上了我的床，他試了很多次都徒勞無功。

『沒關係……沒關係的……我不在乎的。』我安慰著他，眼前卻浮起大甲的牌坊，冷冰冰的石頭。

『不會的，不應該的……』他很沮喪，抓起我的雙手：『一定是因爲妳的指甲，妳的指甲讓我不能……妳可不可以爲我把指甲上的顏料擦乾淨，把指甲剪短一點？』

指甲與顏料很神奇的變成了『浪漫愛』與『情慾』的象徵。從此女主角開始作惡夢了，夢見了剪小女孩指甲的老師，夢見了剪著自己指甲的小女生：

女孩拿出指甲刀，開始剪指甲，吋，吋，吋，吋……她剪了又剪，吋，吋，吋，吋……長指甲已經剪短了，卻仍停不住的一直剪，她的手指開始流血，鮮紅色的血緩緩流下來……

這種剪指甲的意象，對於身體不斷自然長出來的事物（或者就說是情慾與浪漫愛的象徵），必須加以規訓、約束、修剪，甚至落到血淋淋的下場的景象，與其說是女主角的惡夢，還不如說是在張曼娟小說中的女性在面對婚姻時，內在共同的恐懼。

吋，吋，吋，吋……剪指甲的聲音不只出現在美甲師的夢境，甚至活生生地出現在美甲師的浴室裡，這種想像中屬於指甲怪獸發出來的剪指甲聲，最後終於被發現是浴室水管漏水。吋，吋，吋，吋……的剪指甲聲變成了嗒，嗒，嗒，嗒……的滴水聲。

聽起來像是時間流逝的滴水聲，並沒有比指甲獸的聲音讓人覺得舒服，很多時候，它甚至更教人感到焦慮。在這一場好女孩必須變成好女人的進行曲之中，時間是指甲獸最冷酷無情的同謀。

三、『浪漫愛、性、婚姻』三位一體的神話幻滅

男主角和女主角最後攜手步向地毯的那一端，組成一個新的家庭、生育，養小孩，從此過著幸福快樂的生活……傳統羅曼史這樣有情人終成眷屬的情節從不曾在張曼娟的小說中出現。相反的，《芬芳》裡的故事總是不斷地宣示著『浪漫愛、性、婚姻』三位一體神話的幻滅。『浪漫愛』與『婚姻』在張曼娟的小說裡有著嚴重的斷裂。在這樣的斷裂裡，要嘛女人得勇敢選擇沒有未來的『浪漫愛』，否則就得依附在婚姻這個沒有『浪漫愛』的大傳統裡。

這樣的宿命幾乎到了無可妥協的餘地。

沒有未來的『浪漫愛』固然令人感歎，然而選擇婚姻的女人，在作者的筆下，無疑是更加悲慘的。典型的例子是〈海棠溪谷〉中這個年紀六十歲的老女人海棠，作為順服的女人一生的歷史。

首先，在二十幾歲的時候，『那個叫做丈夫的男人』把屋子裡所有值錢的東西搬個精光，留下一屁股賭債和海棠肚子裡的小生命，逃跑了。接著海棠獨力撫養孩子長大，結婚，並且有了孫子。很不幸的，海棠在餵孫子吃龍眼時，發生梗塞，導

致孫子的終身殘障。最後，兒子和媳婦再度拋棄海棠，留下了殘障的孩子，遁逃了。除了一次又一次的背叛與拋棄，婚姻留給海棠這個女人的，無非是無止境的責任、付出與罪惡感。婚姻與家庭在這樣的想像之下，當然教人望之怯步。

比較之下，這還不算是最悲慘的。丈夫、兒子背叛海棠，使得海棠至少有機會被動地脫離婚姻的牽絆，得到獨立自主的機會，過著起碼算是有尊嚴的生活。在另一篇小說〈流放的玫瑰〉中，醒兒的母親，經歷了外祖父的強暴，家庭內部成員的壓抑，被逼得幾近瘋狂，最後以自殺終結。這使得家庭落入了一種人間煉獄的恐怖景象。

『被自己的父親強暴』這種家庭內的暴力的揭發，成爲女性對父權宰制最強烈而有力的典型控訴。這樣的控訴在〈流放的玫瑰〉裡可說是步步到位。不過〈流放的玫瑰〉最教人印象深刻的，反而是那種幾近吶喊的強烈對比。這樣的對比，表現在失貞的母親強迫女兒穿著象徵貞節意象的白色洋裝，也表現在那棟母親爲女兒布置的房間，那種枯萎的老樹開出鮮豔的櫻花那種強烈的反差。

這些發生在過去的傷害，並不隨著母親（死去、老去的女性）而消失。它反而化爲一種揮之不去的夢魘，穿越世代，出現在女兒（活著、年輕的女性）的生命裡。〈流放的玫瑰〉一開始就是這種典型的夢境：

『媽。』小女孩的她仰起臉：『妳在幹什麼？』

母親已經走到窗邊，一邊推開窗，一邊喜悅地轉頭對她說：『看，玫瑰花都開了。』

她下了床，走到母親身邊，冰冰涼涼的絲綢觸感飄拂而來。她知道窗外就是小花台，種植了許多玫瑰，她走到窗邊，探頭一看，一條黑色的、波濤洶湧的河水漲起來，發出巨大的憤怒的呼嘯，下一秒鐘就能把她吞噬。她驚駭大叫，再次甦醒過來……

玫瑰花在這些夢魘裡當然是女性情慾與浪漫愛的象徵。同樣的，如果我們把那條漲起來的、黑色、波濤洶湧的河水當成男性的情慾來看，這些夢境立刻就在現實裡找到了活生生的對應。不管是〈海棠溪谷〉中的海棠或者是〈流放的玫瑰〉的母親，這些老去、逝去的女人都用一種母性特有的溫柔與撫慰，將過去傷害的記憶，化爲一種夢似的語言向活著、年輕的女孩傳遞，而這些怵目驚心的暴力、背叛甚至是血腥、恐懼的夢境……又是時時刻刻老影響著年輕女孩對於未來的抉擇。

可悲的是這些傷害的源頭，全指向了與男性共謀的情慾。這樣的共謀在故事中幾乎注定了沒有好下場的命運。即使是故事中唯一最恩愛的一對，海棠的父母親，也因爲母親的難產，落得植物人的悲劇下場。『男性』與『性』——不管有意無意，總是扮演著加害者的角色，造成了女性的不幸。甚至連『女性』動物——母狗，在〈芬芳〉這篇短篇小說中，也都發生了難產的生殖悲劇。

這種對家庭與生殖的命運宿命式的恐懼無所不在，簡直到了超越世代、物種的地步。

四、向童貞的回返與倒退

就像『那個叫做丈夫的男人』這樣的形容所揭示的，小說中被排斥在『浪漫愛』關係以外的男人，甚至是連名字都沒有的。這些男人，一概被作者命名爲『他』、『男人』、『那個叫做丈夫的男人』……作者的愛憎清楚而明確，那些沒有名字、面貌模糊的男人，從一開始就注定是被排除在愛情世界外面的『他者』。而在羅曼史的傳統裡，『浪漫愛』的對象都必須是有名字的。不僅如此，名字優雅、特殊的程度更決定了主角在故事中地位，像是〈流放的玫瑰〉的童子恆，〈指甲花〉的吉米，〈芬芳〉的符思年……

這些擁有名字的男人的特殊地位，就像〈流放的玫瑰〉中女主角醒兒的夢境所揭示的：

『我的女兒戀愛了。』母親坐在『枯花』上，看著她說。

她撇了撇嘴，很不以爲然的：

『這又不是第一次，我還和男人同居過呢。』

『這次是不一樣的。』母親的聲音還在耳邊，她睜開眼睛，看不見半個人影。

乍看之下，這是再熟悉不過的羅曼史傳統。這些不一樣的對象，或者說是『純粹關係』中的對象，幾乎具備了傳統羅曼史中『白馬王子』的基本特質。可是仔細分析，我們會發現張曼娟小說中的『白馬王子』，和傳統羅曼史的『白馬王子』其實有很大的差異。

首先，有別於『傳統白馬王子』應有的成熟穩重，小說中的『白馬王子』幾乎清一色都是童稚的。從名字上來看，童子恆、吉米都是兒童化的名字。這些主角，像是〈裙襬開出野薑花〉中大四學生阿源，〈指甲花〉中的吉米……他們都比故事中的女主角年輕許多。此外，『童稚』式的天眞與單純也主控著彼此之間的關係，成爲這種愛戀係的特色。這樣的純粹關係強調精神層面的依賴，『性』行爲不但不被允許涉入，甚至被刻意排除。這樣的排除，我們可以很清楚的在〈裙襬開出野薑花〉中看到：

杜若的手輕輕觸在我凸起的疤痕上，這一個輕巧的碰觸，形成強烈的刺激，我抿住嘴防止自己呻吟出聲。

『還會痛嗎？』她的眼睛濕濕地，催眠一樣的問我。

催眠之下，我親吻了她的臉頰。

時間好像忽然凝固了，她一動也不動，我也不敢動。海潮聲充滿宇宙，喧嘩的沈默。

過了一會，她笑著起身，拍拍身上的沙子：『時候不早了，該回去囉。』她說得若無其事。

在這樣的純粹關係中，當『浪漫愛』觸及『性』時，躊躇與矛盾出現在杜若對阿源的反應，也出現在美甲師對吉米說的：『你聽好！我沒興趣和小男生玩遊戲，我只想找個男人把自己在二十九歲之前嫁出去，我就功德圓滿了，你瞭了嗎？』可是到了故事最後，還是『微微笑著，貼進他的胸膛，睡著了。』

在抽離了『性』的男女關係中，浪漫被轉化成爲關懷的形式。特別是在〈裙襬開出野薑花〉中，分手時杜若送阿源名爲『碎心紅』百衲被，並且直接點出了百衲被的功能在於『使小孩平安長大，什麼都不懼怕』時，『去性化』的母性關懷與呵護昭然若揭地取代了以『性』爲中心的男女關係。

如果把『去性化』的趨勢，進一步當成對『男性』以及『生殖』爲核心的婚姻的抵抗與叛逆，不同的故事中呈現出來的脈絡，似乎也就有了更清晰的一致性。在〈火燄百合〉中純粹關係以『女性』對『女性』的同志關係出現的。在〈海棠溪谷〉中，一個以純粹關係組合的家庭成員包括了老女人海棠，二十幾歲的年輕女人宋宋，以及智障的小孩小萬。在〈芬芳〉中，阿符和芬芳純粹關係的開展是跳過了『生殖』，直接從養育黃金獵犬開始的……

無疑的，這樣的趨勢是向『童貞』狀態的回返與倒退。根據法國精神分析學家賈克·拉崗（Jacaues Lacan）的理論，人都活在一種『欠缺』的情況之下，並且終其一生都在克服這種情況。這樣的『欠缺』來自我們經歷過和母親合而爲一那個圓滿豐足的時刻。然而隨著生命的發展，我們從胎兒變成幼兒，進入成人的世界，再也無法回到那個終生渴望，卻無法得到的時刻。拉崗認爲，人類所有的慾望都來自這個『欠缺』，我們不斷地受到慾望的驅使，試著用代替對象來塡滿存在我們心中的一道鴻溝，卻徒勞無功。

這樣的理論提供了一種思考，當女性情慾與浪漫愛在『男性』與『生殖』爲主軸的現實世界遭受挫折時，慾望被迫逃離『男性』、『性』與『生殖』，向最初的『欠缺』折回。在這樣的情況下，『童貞』狀態便成了一種鄉愁似的策略與呼喚。

五、出走與流浪

往前走，婚姻、家庭充滿了恐懼與不信任；往後走，向童貞的回返與倒退又嚴重地背離了時間與生命的走向。在進退兩難的情況下，出走與流浪於是成了焦慮唯一的出路。

我甚至願意把《芬芳》看成是一本關於女性的浪漫愛流浪與出走的小說集。像是〈櫻花祭〉中下著雪的京都之旅，〈流放的玫瑰〉中建築在東部靠海市鎮的那棟米白色洋房，〈海棠溪谷〉中野外溪谷中的溫泉，甚至是〈火燄百合〉中糖糖一個人回到鄉下去，尋找當年爺爺帶她去過的百合山谷……《芬芳》整本書無處不充滿了這種出走與流浪的意象。這些逃離『此時此地』的出走與流浪，表面看來或許浪漫，可是在浪漫的背後，更是女性在重重困境中尋找出路的掙扎與努力。

從前的女性幾乎是在結婚時，才離開父母的原生家庭，進入婚姻中的繁衍家庭。然而隨著時代改變，愈來愈多的女性，在婚前就離開了父母的家庭，獨自在外闖蕩。『浪漫愛、性與婚姻』的斷裂，又使得這段在原生家庭與繁衍家庭之間的過程，或多或少必須經歷流浪與出走。而這些在原生家庭的『童貞』與繁衍家庭的『生殖』之間的流浪與遊走，愈來愈普遍，累積的能量愈來愈巨大，甚至成了這個時代女性共同的生命歷程與社會記憶。

在這樣的脈絡下，傳統羅曼史中『情歸何處』的懸疑漸漸失去了吸引力，不再是眾所矚目的焦點。

女人到底要流浪到哪裡去呢？

就像《芬芳》裡面的所有故事懸而未決的問題所揭示的一樣，這個懸疑似乎扣緊了時代的脈動。或許這正是張曼娟的《芬芳》創造出來的典範。這個典範，使得『女人到底要流浪到哪裡去』這個新的懸疑，繼『情歸何處』之後，很有可能成爲當代愛情小說另一個最重要的傳統。

國家圖書館出版品預行編目資料

芬芳 / 張曼娟著;-- 初版.
-- 臺北市:皇冠,2003 〔民92〕
面;公分.--(皇冠叢書;第3325種)
(張曼娟作品;14)
ISBN 957-33-2010-X (平裝)

857.63 92021850.

皇冠叢書第3325種
張曼娟作品 14
芬芳

作　　者—張曼娟
發 行 人—平鑫濤
出版發行—皇冠文化出版有限公司
台北市敦化北路120巷50號
電話◎2716-8888
郵撥帳號◎1526151~6號
香港星馬—皇冠出版社(香港)有限公司
總 代 理　香港灣仔告士打道88號19樓
電話◎2529-1778　傳真◎2527-0904
出版統籌—盧春旭
編務統籌—金文蕙
編　　輯—潘怡中
校　　對—張曼娟・鮑秀珍・陳秀雲・潘怡中
美術設計—李顯寧
印　　務—林莉莉・林佳燕
行銷企劃—劉蕊瑄
著作完成日期—2003年11月
初版一刷日期—2004年1月

法律顧問—王惠光律師

讀者服務傳真專線◎02-27150507
皇冠文化集團網址◎http://www.crown.com.tw
電腦編號◎012014
國際書碼◎ISBN 957-33-2010-X
Printed in Taiwan
本書定價◎新台幣200元/港幣67元